Fabian Lenk

Die Schatzjäger

Das Gold des Zauberpriesters

Name:	Fenja
Das mag ich:	zeichnen, singen, Schlagzeug spielen
Das mag ich nicht:	manchmal meinen Zwillingsbruder Nick
Lieblingsfächer:	Kunst, Musik
Hassfach:	Mathe
Über mich:	Ich bin wild, spontan, mutig, chaotisch (sagt Nick)
Mein Motto:	Aufräumen kann jeder, ein Genie überblickt das Chaos!

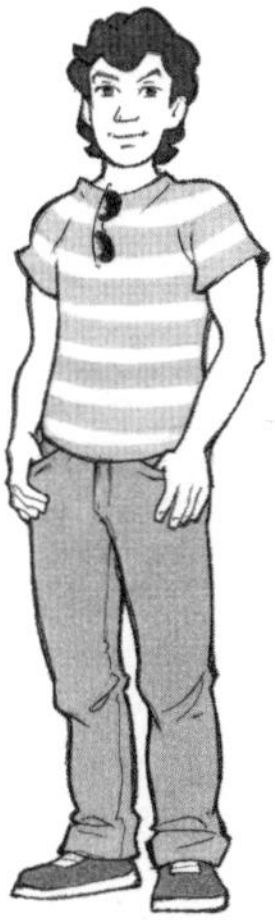

Name:	Luca
Das mag ich:	fotografieren
Das mag ich nicht:	wenn mein PC abstürzt
Lieblingsfächer:	Mathe, Informatik, Erdkunde
Hassfach:	Latein
Über mich:	Ich bin clever, schlagfertig und etwas eitel (sagen Fenja und Nick)
Mein Motto:	Was man nicht im Kopf hat, muss man im Computer haben!

Fabian Lenk

DIE SCHATZJÄGER

DAS GOLD DES ZAUBERPRIESTERS

BAND 5

Mit Illustrationen von Rolf Bunse

Ravensburger Buchverlag

Bibliografische Information der Deutschen Nationalbibliothek:

Die Deutsche Nationalbibliothek verzeichnet diese Publikation in der Deutschen Nationalbibliografie; detaillierte bibliografische Daten sind im Internet über **http://dnb.d-nb.de** abrufbar.

MIX
Papier aus verantwortungsvollen Quellen
FSC www.fsc.org FSC® C014496

Das für dieses Buch verwendete FSC®-zertifizierte Papier liefert Arctic Paper Mochenwangen GmbH

1 2 3 4 14 13 12 11

Umschlagkonzeption: Sabine Reddig unter Verwendung einer Illustration von Jan Birck
Innenillustrationen: Rolf Bunse
Lektorat: Jo Anne Brügmann

Printed in Germany

ISBN 978-3-473-36904-1

www.ravensburger.de
www.fabian-lenk.de
www.dieschatzjaeger.de

INHALT

DER SCHWARZE ZAUBER

Er liebte die Farben der Nacht. Schwarz, Grau, Anthrazit. Die Wände des Zimmers, in dem er gerade saß, waren komplett schwarz gestrichen. Da das einzige Fenster zudem ausgesprochen klein war, lag der Raum auch tagsüber im Halbdunkel.

Doch jetzt war die Sonne bereits untergegangen und die Schatten waren in das Zimmer gekrochen und hatten auch das letzte wenige Licht getilgt. Der Mann ruhte in einem schäbigen Schaukelstuhl, die Augen halb geschlossen. Er hätte nur die Hand ausstrecken müssen, um die kleine Stehlampe neben dem Schreibtisch anzumachen. Aber er ließ es. Er genoss die Finsternis und lauschte den Stimmen der Nacht, die durch das offene

Fenster hereinwehten. Vom nahen Strand klangen Trommeln und Gitarren sowie eine warme, helle Frauenstimme, die über die Liebe sang, herüber. Irgendwo keckerte ein Vogel, ein schrilles Geräusch, rasch überlagert vom dumpfen Pöttern eines Dieselmotors.

Der Mann schloss die Augen ganz und schaukelte sanft hin und her. Seine Hände ruhten auf einem schweren Revolver, der in seinem Schoß lag. Versonnen strichen seine Finger über den Lauf, den Abzugshahn, die Trommel und, ganz zum Schluss, über das ungewöhnlich lange Griffstück. Er lächelte. Eine solche Waffe hatte wohl niemand außer ihm. Nicht hier, nicht in der gesamten *Dominikanischen Republik* – vermutlich niemand in der ganzen Welt.

Ein Klingeln ließ ihn auffahren. Der Ton war aus dem Revolver gekommen, genau genommen aus dem Griffstück. Denn dort hatte der Mann ein Telefon einbauen lassen. Eine originelle Arbeit, um die man ihn in seinem Dorf beneidete. Der Revolver war als Schusswaffe nicht mehr zu gebrauchen, aber man konnte wunderbar mit ihm telefonieren, auch wenn das etwas ungewöhnlich aussah. Es war immer wieder hübsch mitanzusehen, wenn die Leute ihn auf der Straße anglotzten, sobald er die Knarre ans Ohr hob und in das Griffstück hineinsprach.

Doch jetzt nervte das Gebimmel. Es gab keine Zuschauer. Nach dem fünften Klingeln schaute der Mann unwillig auf das Display. Die Nummer, die er dort ablas, ließ ihn leise aufstöhnen. Aus purer Gewohnheit vermied er es, seinen Namen zu nennen, als er sich meldete – auch wenn ihm die Person am anderen Ende der Leitung bestens bekannt war.

„*Hola*?"

„Ich bin's …", meldete sich jemand ebenfalls auf Spanisch.

„Ich weiß", sagte er, bemüht, seiner Stimme einen ruhigen Klang zu geben. Doch er wusste, dass etwas vorgefallen sein musste. Der Anruf war zu einer ungewöhnlichen Zeit gekommen. Etwas war schiefgegangen.

„Du musst aufpassen."

„Drück dich ein bisschen klarer aus", befahl er.

„Hier an Bord der Fantasy ist eine Gruppe, die dir verdammt nah kommen könnte. Hast du meine E-Mail nicht gelesen? Ich habe sie dir heute Morgen geschickt!"

Der Mann hörte auf zu schaukeln. „Nein, ich habe meine Mails noch nicht gecheckt."

„Wir steuern auf *Santo Domingo* zu und es ist ein Landausflug geplant – ins *Voodoo*-Land."

Der Mann lachte lautlos. „Voodoo-Land?" Was für ein affiger Name!

„Ich kann's nicht ändern. Es gibt ein Büro an Bord, wo Listen mit Informationen über die geplanten Ausflüge ausliegen. Ich habe hineingesehen …"

„Und?"

„Eine Gruppe wird in vier Tagen den *Parque Nacional del Este* besuchen."

„Nein!", entfuhr es dem Mann. Das war das Letzte, was er gebrauchen konnte! Andererseits: Der Park war ziemlich groß. Man konnte sich in diesem Dschungel eigentlich problemlos aus dem Weg gehen.

„Weißt du, welche Route die Gruppe nehmen will?", fragte er daher nach.

„Nicht genau. Das soll wohl eine Überraschung werden", kam es zurück. „Aber die *Cueva del Puente* gehört offenbar auf jeden Fall zum Programm."

Der Mann biss sich vor lauter Wut in den Fingerknöchel. „*Concho*!", fluchte er. „Du musst unter allen Umständen verhindern, dass sie ankommen."

„Und wie, bitte schön, soll ich das machen?"

„Lass dir etwas einfallen. Leite die Gruppe irgendwie um. Es gibt schließlich viele nette Fleckchen in diesem Land. Die Touristen müssen doch nicht ausgerechnet diese Höhle besuchen!"

„Das sagst du so."

Der Mann verlegte sich aufs Bitten, seine Stimme klang plötzlich warm. „Ich kenne dich lange genug. Dir fällt schon etwas ein. Denk an unseren schwarzen Zauber, an die Macht, die ihm innewohnt! Nutze sie in unserem Sinne!“

Eine kurze Pause entstand. Dann sagte sein Gesprächspartner: „In Ordnung. Ich werde alles tun, was in meiner Macht steht. Ich hoffe, dass ich sie aufhalten kann.“

„Es wird dir gelingen!“, sagte er zuversichtlich.

„Was macht dich da so sicher?“

Der Mann starrte an die dunkle Decke. „Ich kenne deinen starken Willen und deine nicht minder starke Gier. Wir werden uns das Geschäft nicht von ein paar Touristen kaputt machen lassen.“

„Und wenn ich scheitere?“

„Ich bin ja auch noch da.“ Der Mann beendete das Gespräch und begann wieder zu schaukeln. Wie gut, dass er noch einen zweiten Revolver besaß, dachte er. Einen Revolver, der bei Bedarf scharf schoss.

KARIBISCHE MUSIK

Fenja schloss ihre Kabine auf Deck 7 ab und schaute bei Luca und Nick vorbei, die ihr Reich gleich nebenan hatten. Die Doppelkabinen an Bord des 350 Meter langen und 75 Meter hohen Kreuzfahrtgiganten Fantasy waren alle großzügig bemessen. Sofern die Benutzer ein Minimum an Ordnung hielten und den Raum nicht mit allem Möglichen zuramschten – wie Fenja –, hatten sie sehr viel Platz. In der Kabine des Mädchens mit den schulterlangen roten Haaren herrschte wie immer das absolute Chaos: Klamotten, ein Reisehandbuch, CDs, mehrere geplünderte Chips- und Gummibärchentüten sowie die Teile einer kompletten Schnorchelausrüstung flogen überall herum.

Bei den Jungs sah es hingegen vorbildlich aus. Sie brüteten gerade über Lucas Laptop.

„Schon fleißig?", fragte Fenja.

„Logo", erwiderte ihr Zwillingsbruder Nick.

Luca tippte mit dem Zeigefinger auf den Bildschirm und winkte Fenja heran. „Guck mal."

Das Mädchen schaute ihm über die Schulter.

„Wir machen uns gerade im Internet über unser Ziel, die Dominikanische Republik, schlau. Ich habe etwas über die Hauptstadt Santo Domingo gefunden, die wir übermorgen erreichen."

„Was ist das für eine Website?", fragte Fenja.

„Oh, die ist vom Deutschen Auswärtigen Amt", erwiderte Luca und las folgenden Text, den er unter **www.auswaertiges-amt.de/DE/Aussenpolitik/Laender/Laenderinfos/DominikanischeRepublik/KulturUndBildungspolitik_node.html** gefunden hatte, laut vor:

Die koloniale Altstadt von Santo Domingo ist einzigartig und sehenswert. Sie wurde von der UNESCO zum Weltkulturerbe erklärt. Es gibt mittlerweile sehr gut restaurierte Straßenzüge. Immer mehr verlagert sich auch das kulturelle Leben zurück in die koloniale Altstadt, da sich vermehrt junge Galeristen, Modedesigner,

Hoteliers, Restaurants und Kunstbühnen dort niederlassen.

„Na, das klingt doch schon mal gut!“, freute sich Nick. „Wie viele Einwohner hat die Stadt eigentlich?“

Luca suchte weiter und fand schnell die Antwort: „Rund fünf Millionen, davon wohnen zwei Millionen in der Stadt direkt und die anderen in den Außenbezirken drumherum. Ingesamt hat die Dominikanische Republik 9,5 Millionen Einwohner.“

Nick zog die Stirn kraus. „Ich hätte nicht gedacht, dass jeder zweite der Inselbewohner in der Hauptstadt lebt.“

„Stimmt nicht ganz“, korrigierte Luca ihn, der schon weitergeklickt hatte. „Die Dominikanische Republik ist lediglich ein Teil einer Insel – steht hier unter **www.derreisefuehrer.com/country/77/general_information/Karibik/Dominikanische-Republik.html**.“ Er las folgenden Text vor:

Die Dominikanische Republik liegt in der Karibik und teilt sich die Insel Hispaniola mit Haiti. Die Landschaft ist waldreich und bergig mit fruchtbaren Tälern und Ebenen. An den Küsten im Norden, Südosten und Osten liegen ausgezeichnete Strände, die teilweise von

Bergen umgeben sind. Der Pico Duarte ist mit 3175 m der höchste Berg der Antillen.

„Ausgezeichnete Strände – das klingt ja noch besser!", kam es von Nick. „Ich kann's kaum erwarten, mich in die Fluten zu stürzen. Das Wetter ist ja in der Karibik ohnehin immer vom Feinsten."

Fenja nickte. „Stimmt. Ich habe heute einen Blick in meinen Reiseführer geworfen. Demnach liegen die Durchschnittstemperaturen tagsüber nie unter 29 Grad. Nachts sind es immer mindestens 20 Grad – irre, was?"

Nick lächelte selig. „Paradies, ich komme!"

„Die Küche muss es auch in sich haben", fügte Fenja an. „Aber um die Gerichte auszuprobieren, brauchen wir nicht zu warten, bis wir in Santo Domingo anlegen. Heute Abend gibt es ein Themenbüfett auf Deck 13 bei den Pools – samt Musik und Tanz aus der Dominikanischen Republik! Du musst unbedingt deine Kamera mitnehmen, Luca."

In diesem Moment klopfte es an der Tür.

Luca warf einen Blick auf die Uhr. „Gleich acht! Das werden Katharina und Jo sein – sie wollen doch mit uns zum Abendessen gehen." Er klappte den Rechner zusammen und schnappte sich seine digitale Spiegelreflexkamera.

Dann flitzten die drei zur Tür. Die beiden Erwachsenen hatten ihre Kabinen ebenfalls auf demselben Gang. Lucas Mutter Katharina war die Chefin des Reiseleiter-Teams an Bord, und Jo, der Vater der Zwillinge, der Bordarzt auf der Fantasy.

Fenja hakte sich bei ihrem Vater unter, der ein absoluter Feinschmecker war. „Na dann, nichts wie los!“, sagte sie und zog ihn über den Flur in Richtung der Aufzüge.

„Halt, ich muss noch mal kurz in mein Büro“, meldete sich Katharina zu Wort. „Ich habe mein Handy dort vergessen.“

So landete die kleine Gruppe erst einmal auf dem eleganten Deck 5 – einem der schönsten der insgesamt 15 Decks an Bord, wie Fenja fand. Sobald die Aufzugstüren geräuschlos aufglitten, betrat man ein ultraschickes, 200 Meter langes Shoppingparadies mit blitzenden Marmorfußböden, unzähligen Palmen und plätschernden Wasserspielen. Die noblen Boutiquen boten alles, was teuer war – vom Pelzjäckchen über Golfschläger mit Perlmuttgriff bis zu Zigarren für 100 Euro das Stück. Fenja und die Jungs interessierte jedoch eher das Internetcafé „Network“, in dem sie regelmäßig andere coole Jugendliche trafen.

Katharinas Reich glich einem Reisebüro. Wenn sie nicht gerade an Land war, saß sie hinter dem Schreibtisch, plante spannende Ausflüge oder beriet wie ihre

Teamkollegen die Touristen, die sich für die Exkursionen interessierten.

Katharina machte sich auf die Suche nach dem Handy. Unterdessen ließ Fenja ihre Blicke schweifen. Auf einem Plakat wurde für eine „Voodoo-Tour" geworben.

„Wollt ihr mit?", fragte die Reiseleiterin, die offenbar ihre Augen überall hatte.

„Äh, ja …", erwiderte Fenja etwas zögernd.

„Hier ist es!", rief Katharina und hielt triumphierend ihr Handy hoch. Dann trat sie neben Fenja. „Der Ausflug lohnt sich", sagte sie begeistert. „Wir werden den Parque Nacional del Este mit einer uralten Höhle namens Cueva del Puente besuchen. Darin sind Felszeichnungen zu sehen, die einst die *Taíno*, die Ureinwohner der Dominikanischen Republik, an die Wände malten. Für die Taíno waren diese Höhlen heilige Orte, Tore zu ihren Geistern, die in der Unterwelt lebten. Morgen werde ich einen Info-Abend machen, um Teilnehmer für diese zwar etwas anstrengende, aber auch höchst interessante Tour zu werben."

Fenja, die liebend gerne zeichnete, war nun Feuer und Flamme. „Ich bin dabei!" Sie warf einen fragenden Blick zu Nick und Luca.

„Logo, wir sind auch am Start!", sagten die beiden wie aus einem Mund. „Aber wieso wird die Tour anstrengend?"

„Nun, wir werden eine ziemlich lange Wanderung durch die Wildnis unternehmen“, entgegnete die Reiseleiterin.

Nick, der ein absolut begeisterter Sportler war, grinste. „Umso besser.“

„Das sehe ich auch so“, sagte Luca. „Da finde ich bestimmt tolle Fotomotive.“

„Ganz sicher“, antwortete Katharina, während sie das Büro verließen. „Aber die wirst du auch jetzt gleich bei unserem Themenabend entdecken!“

Deck 13 lag im Licht Hunderter farbiger Lichter. Sie spiegelten sich im von unten beleuchteten Wasser der riesigen Poollandschaft mit dem Sandstrand, den Palmen und den Bars. Fast hätte Fenja vergessen, dass sie sich an Bord eines Schiffes befand.

Jo, Katharina, Luca und Nick steuerten einen der weiß gedeckten Tische an, doch Fenja wollte noch einen Abstecher zur Reling machen. Sie nickte Kapitän Lars Bromüller in seiner schicken Uniform mit den goldenen Streifen zu und grüßte Carlo Cassarella, den venezianischen Barkeeper, der wunderbare alkoholfreie Cocktails zaubern konnte.

Dann erreichte sie die Reling und schaute auf den dunklen Atlantik hinaus, den die Fantasy von Deutschland kommend durchmaß, um die Karibikinsel *Hispa-*

niola zu erreichen. Die Lichter des Schiffes funkelten auf der Wasseroberfläche, während sich über dem Mädchen ein mit Sternen übersäter Himmel spannte. Eine warme Brise strich über das Deck. Es waren noch deutlich über 20 Grad.

Fenja war einmal mehr überglücklich, dass sie und Nick ihren Vater in den Ferien auf der Fantasy begleiten durften. Luca ging es ebenso. Seine Mutter war der Meinung, dass Reisen bildet – und deshalb durfte auch er regelmäßig mit an Bord. So hatten die Freunde nicht nur schon viele Länder kennengelernt, sondern sprachen inzwischen auch recht gut Englisch und Französisch sowie einige Brocken Spanisch und Italienisch.

Ein Trommelwirbel drang an Fenjas Ohren. Die begeisterte Schlagzeugerin und Sängerin löste sich von der Reling und ging auf die Tische zu. Suchend schaute sie sich um und entdeckte schließlich Luca, der ihr zuwinkte. Er und die anderen saßen in der Nähe der Bühne, auf der Musiker einen Song angestimmt hatten, der in die Beine ging. Eine bildhübsche Frau sang von Liebe und Verrat.

Doch Nick hatte dafür offenbar gerade wenig Sinn. „Los, lasst uns das Büfett stürmen!“, rief er, sobald seine Schwester den Tisch erreicht hatte, und sprang auch schon auf.

Fenja und Luca folgten ihm. Sie gingen zu einem

der breiten Tische, auf denen das Personal der Fantasy alle möglichen Köstlichkeiten ihres Ziellandes bereithielt.

„Oh, wie das duftet!", freute sich Fenja. „Weiß jemand, was das alles Feines ist?"

Die Jungs zuckten nur mit den Schultern.

„*Buenas tardes*, darf ich euch vielleicht beraten?", fragte eine Frau Mitte 30. Sie hatte ein freundliches, rundes Gesicht und dichte schwarze Haare, die sie zu einem Knoten hochgebunden hatte. Ihr Namensschild an der weißen Weste wies sie als „Dolores" aus.

„Gern!"

Die Frau strahlte und entblößte dabei zwei perfekt weiße Zahnreihen. „Also, als Vorspeise empfehle ich euch *Bandera Dominicana* mit gebratenen Kochbananen. Lecker sind auch diese Bacalaos!"

„Sie sprechen aber toll Deutsch!", sagte Fenja.

Dolores lächelte bescheiden. „Ich arbeite schon viele Jahre auf deutschen Schiffen – aber dies ist meine erste Tour mit der Fantasy!"

„Verstehe", entgegnete Fenja. „Was sind denn Bacalaos?"

„Geschmorter Stockfisch!"

„Danke, das ist eher nichts für mich – und was ist das?" Fenja deutete auf eine große Schüssel.

Die Köchin schloss genießerisch die Augen. „*San-*

cocho, ein typisch dominikanischer Eintopf. Dazu passen diese *Yaniqueques.*“ Sie zeigte auf Brotfladen.

„Okay, das klingt gut. Ich probier den Eintopf“, entschloss sich Fenja.

Nick entschied sich mit *Pescado con Coco* für ein Fischgericht, während Luca ein Ziegenragout mit Reis und Bohnen probierte.

Die Freunde zogen sich mit ihren duftenden Schätzen wieder an ihren Tisch zurück. Auch Jo und Katharina kamen kurz darauf hinzu. Der Arzt schwärmte in höchsten Tönen von den Leckereien und gönnte sich dazu einen *Daiquiri.*

Wenig später betrat Chefanimateur Alex, ein durchtrainierter, braun gebrannter Mann Ende 20 mit langen Haaren und Ohrring, die Bühne und kündigte einen Streifzug durch die Musik der Dominikanischen Republik an: „Zuerst hören Sie eine original *Merengue*-Gruppe, eine Perico-Ripiao-Gruppe. Perico Ripiao heißt übersetzt übrigens frikassierter Papagei. Aber fragen Sie mich bitte nicht, woher dieser Name kommt.“

Gelächter brandete auf. Dann waren die drei Musiker an der Reihe. Einer spielte ein Akkordeon, der zweite eine kleine Trommel und der dritte auf einem Hohlkörper aus Blech, der Fenja an eine Küchenreibe erinnerte und beim Darüberstreichen ein kratzendes Geräusch von sich gab. Nach und nach gesellten sich weitere Musiker auf die Bühne – Trommler, zwei Gitarristen, ein Bassist, ein Keyboarder und drei Trompeter. Schließlich kamen auch noch drei Tänzerinnen dazu.

Fenja, die gleich begonnen hatte, auf dem Tisch mitzutrommeln, nahm sich vor, bei Gelegenheit die Musikstile der Dominikanischen Republik zu googeln. Womöglich konnte sie ein paar Anregungen mit nach Hause nehmen.

Als der Song zu Ende und der Beifall verebbt war, enterte wieder der Chefanimateur die Bühne. „Und jetzt gibt's *Reggaetón*!“, brüllte er den Passagieren zu.

Die Musik wurde jetzt deutlich härter und noch eingängiger, was vor allem an den stampfenden Drums lag, die eine Rhythmusmaschine fabrizierte. Die Tänzerinnen sprangen von der Bühne, kamen an die Tische und begannen, Männer zum Tanzen aufzufordern. Alex angelte sich Katharina und begann mit ihr zu tanzen.

„Super!“, rief Luca.

Nick war weniger begeistert, denn eine der Tänzerinnen steuerte direkt auf ihn zu. „Oh nein!“, entfuhr es ihm.

Fenja grinste. „Jetzt bist du dran!“

„Ich kann das nicht!“, jammerte der Junge verzweifelt.

„Das ist ja gerade das Schöne!“, lästerte Fenja.

Die Tänzerin lotste Nick zu einer freien Stelle auf der

Tanzfläche und versuchte, ihm die ersten Schritte beizubringen. Auch andere Jugendliche machten mit, sogar einige Kinder tobten sich zu der eingängigen Musik aus.

„Nicht so hüftsteif!“, rief Fenja ihrem Bruder zu. „Du stehst da wie ein alter Pfosten!“

Nick lächelte gequält. „Mach's doch besser!“

„Da hat er eigentlich Recht“, hörte Fenja in diesem Moment Luca sagen. „Was ist mit dir?“

Fenja stellte sich doof. „Mit mir?“

„Ja, wir wär's mit einem Tänzchen?“, setzte Luca nach und schob seinen leeren Teller von sich. „Auf geht's!“

Es wurde ein unbeschwerter, fröhlicher Abend voller Musik und bester Partystimmung. Weder Fenja noch Nick oder Luca konnten ahnen, dass sich auf dem Schiff längst etwas Grauenvolles zusammenbraute …

DIE PUPPE

Um kurz nach Mitternacht war die Tanzfläche immer noch dicht bevölkert. Doch Luca war ein wenig müde. Er saß an ihrem Tisch und nippte an einer eisgekühlten Cola.

„Na, auch k.o.?“, fragte Nick und ließ sich neben seinem Kumpel auf einen Stuhl sinken.

„Ziemlich“, gab Luca zu. „War ja auch ein langer Tag.“

„Stimmt, und dann diese Tanzerei …“

Luca nahm noch einen Schluck. „Ich dachte, du magst Sport“, sagte er dann.

„Sport schon, aber Tanzen – ich weiß nicht“, erwiderte Nick. „Ist nicht so mein Ding. Ah, da kommen auch die anderen.“

Fenja, Jo und Katharina wirkten auch nicht mehr allzu fit.

„Lasst uns schlafen gehen", schlug Luca vor.

„Gute Idee, schließlich muss ich morgen arbeiten", erwiderte seine Mutter.

Der Arzt gähnte hinter vorgehaltener Hand. „Ich auch."

Sie liefen zu einem der Aufzüge.

Luca drückte den Knopf und ein Lämpchen leuchtete auf. Während sie warteten, schaute sich Luca um. Nach wie vor funkelten viele bunte Lichter auf dem Deck, doch der Bereich an der Reling lag halb im Schatten. Und genau dort glaubte Luca eine Gestalt zu sehen, die zwischen zwei Palmen zu ihnen herüberschaute. Luca wischte sich über die Augen. Als er erneut zu den Palmen starrte, war die Gestalt verschwunden – wie ein Spuk.

Komisch, dachte der Junge. Nun gähnte auch er herzhaft. Wieso brauchte der Aufzug so lange? Er wollte ins Bett! Doch auch vor dem anderen Aufzug bildete sich gerade eine kleine Schlange. Offenbar wollten viele Touristen in ihre Kabinen und die Aufzüge waren entsprechend ausgelastet.

Ein Licht flammte auf und Luca registrierte mit mäßigem Interesse, dass die Tür zum Treppenhaus geöffnet worden und eine Gestalt hindurchgeschlüpft war.

Vielleicht ein Tourist, der keine Lust hatte, auf einen der Aufzüge zu warten, und lieber zu Fuß ging.

Es dauerte noch ein paar Minuten, bis ein heller Glockenton die Ankunft des Aufzugs ankündigte. Luca sah den anderen an, dass sie ebenso froh waren wie er, als sie endlich Deck 7 erreichten.

Schweigend gingen sie über den dicken weichen Teppich, der jeden Schritt schluckte. Luca trottete voran. Vor Katharinas Kabine hielt er an, um seiner Mutter eine gute Nacht zu wünschen.

Doch da entdeckte er etwas an der Tür, das ihm das Blut in den Adern gefrieren ließ.

An der Klinke baumelte an einem Faden eine Puppe. Das Figürchen bestand aus schmutzigweißem Stoff und hatte klobige, wurstförmige Gliedmaßen. Der Kopf glich einem winzigen Ball und hatte weder Augen, Nase oder Mund. Luca schätzte, dass die gesamte Puppe nicht viel größer war als seine ausgestreckte Hand. Eigentlich war sie nicht Furcht einflößend – wenn da nicht die vielen Nadeln gewesen wären, die irgendjemand in sie hineingerammt hatte. Sie steckten in der Brust, im Rücken, in den Beinen und sogar im Kopf des Figürchens.

„Was ist das?“, fragte Fenja erschrocken.

„Ich weiß es nicht, aber ich habe so etwas schon mal im Kino gesehen …“, antwortete Luca.

Nun kamen auch die anderen hinzu.

225-23

Katharina hatte schon den Schlüssel in der Hand. „Oh, mein Gott“, erschrak sie, als sie die Puppe erblickte.

„Was ist das?“, fragte Fenja erneut.

Die Reiseleiterin atmete mehrfach tief ein und aus. „Eine Voodoo-Puppe“, sagte sie schließlich. „Damit kann man einem Feind Schaden zufügen – das glauben zumindest die Anhänger der Voodoo-Religion.“

„Vielleicht hat sich jemand einen dummen Scherz erlaubt“, überlegte Jo laut.

Katharina schnaufte verärgert. „Falls ja, dann ist er wirklich *sehr* dumm.“

Luca zog die Puppe mit spitzen Fingern von der Klinke und hielt sie dicht vor sein Gesicht. „Irgendwie widerlich“, sagte er nur.

Die Puppe begann, sich am Faden zu drehen, und dabei entdeckte der Junge auf ihrem Rücken eine Naht. Luca stoppte die Rotation des Figürchens und heftete seinen Blick auf die Naht, die einige Millimeter offen stand.

„Da steckt etwas drin“, sagte er. „Sieht aus wie ein Zettel.“

Er überwand seine Abscheu, spreizte die Naht mit Zeigefinger und Daumen seiner linken Hand und griff mit der anderen in das Püppchen hinein. Tatsächlich fand er einen kleinen, zusammengerollten Zettel. Im warmen Licht der Flurbeleuchtung öffnete Luca die geheimnisvolle Botschaft.

Seine Knie wurden weich, als er erkannte, dass der Text mit blutroter Tinte geschrieben worden war. Er war auf Spanisch verfasst. Luca konnte zwar einige Brocken dieser Sprache, aber das reichte nicht, um die Botschaft zu übersetzen. Also gab er den Zettel an seine Mutter weiter, die fließend Spanisch sprach.

Katharina überflog die wenigen Zeilen mit gerunzelter Stirn. Dann las sie laut vor: „Geh nicht ins Voodoo-Land. Es gehört den Geistern unserer Ahnen. Du hast dort nichts verloren. Wenn du das heilige Land betrittst, wirst du sterben und alle anderen mit dir!“

Kopfschüttelnd zeigte sie den Brief herum, und Luca erkannte, dass er keine Unterschrift trug.

„Das ist mir einfach zu blöd“, urteilte die Reiseleiterin und schloss die Tür auf. „Und jetzt bin ich müde und will schlafen.“

Luca schaute seine Mutter besorgt an. Die Warnung hatte ihr gegolten, weil sie die Reiseleiterin war, die die Tour anbot. Warum wollte jemand verhindern, dass sie den Nationalpark betraten? Und wer hatte die Voodoo-Puppe an die Türklinke gehängt? Lange konnte sie dort noch nicht sein, sonst wäre sie bestimmt einem anderen Passagier oder einem der *Cabin Stewards* aufgefallen.

Luca erinnerte sich an die Gestalt, die er vorhin zwischen den Palmen bemerkt hatte, als er mit den anderen auf den Aufzug gewartet hatte. Hatte diese Gestalt etwas mit der Puppe zu tun? Hatte sie Katharina auf Deck 13 beobachtet und war dann schnell hinunter zu den Kabinen gehuscht, um die Puppe an Ort und Stelle zu platzieren?

„Ich hau mich jetzt auch aufs Ohr", kündigte Jo an und warf einen Blick auf Luca, Nick und Fenja. „Und ihr drei solltet das ebenfalls tun."

„Klar", sagte Luca, der jedoch wieder hellwach war. Jede Müdigkeit war wie weggeblasen. Die Sache mit der mysteriösen Puppe elektrisierte ihn förmlich.

Kaum waren er und Nick in ihrer Kabine, fuhr Luca auch schon den Rechner hoch. Als er Nicks fragenden Blick bemerkte, sagte Luca: „Ich will herausfinden, was die Puppe genau bedeutet und was es mit diesem ganzen Voodoo-Kram überhaupt auf sich hat."

„Gute Idee, ich kann das auch nicht richtig einordnen", gestand sein Freund. „Wie gefährlich ist dieser Voodoo-Zauber überhaupt? Schwebt Katharina wirklich in Gefahr?"

Sie hatten gerade eine Suchmaschine gefüttert, als es leise an ihrer Tür klopfte. Luca öffnete sie einen Spalt.

„Fenja, hab ich's mir doch gedacht!", sagte er grinsend.

„Ich kann sowieso nicht schlafen“, meinte das Mädchen fast entschuldigend. „Ihr aber offensichtlich auch nicht.“

„Ist das ein Wunder?“, erwiderte Luca. „Nick und ich recherchieren gerade im Internet. Wir wollen möglichst viel über Voodoo herausfinden.“

„Und, seid ihr schon fündig geworden?“

„Hm, ich hab’s einfach mal unter **www.de.wikipedia.org/wiki/Voodoo** probiert“, erwiderte Luca und las folgenden Text vor:

> Voodoo ist eine ursprünglich westafrikanische Religion. Das Wort „Voodoo“ leitet sich aus einem Wort der westafrikanischen Fon für Geist oder auch Gottheit ab und existierte möglicherweise schon vor mehreren Tausend Jahren. Das Wort wird oft stellvertretend für verschiedenste afroamerikanische Religionen benutzt.

Der Junge überflog kurz einen Absatz, dann zitierte er weiter:

> Voodoo wird heute hauptsächlich in den afrikanischen Staaten Benin, Ghana und Togo praktiziert, ferner im Karibikstaat Haiti (und

insofern auch teilweise in Haitis Nachbarstaat, der Dominikanischen Republik, wo viele Haitianer leben), darüber hinaus teilweise auch in Louisiana (USA). In Benin ist Voodoo zusammen mit Christentum und Islam eine offiziell anerkannte Religion, der 10. Januar jedes Jahres ist Voodoo-Feiertag. Am 4. April 2003 wurde Voodoo zur offiziellen Religion in Haiti erhoben. Priester und Priesterinnen haben seitdem in Haiti dieselben Rechte wie ihre katholischen Kollegen. Sie dürfen offiziell Ehen schließen, Taufen durchführen und Begräbnisse leiten.

Luca machte eine kleine Pause und las still vor sich hin.

„Ach so", sagte er schließlich. „Es gibt ganz verschiedene Glaubensgruppen." Dann las er vor:

Eine geschlossene Glaubensgemeinschaft gibt es nicht, vielmehr teilen sich die Anhänger des Voodoo in einzelne Gruppen auf. Jede Gruppe verehrt eine bestimmte Tradition, eine heilige Figur oder einen Loa. Der oberste Loa ist Olorun, ein sehr wichtiger Loa heißt Obatala. Darüber hinaus existieren noch weit mehr als 200 Götter oder Geister (bzw. Ahnen). Der oberste Gott ist „Bondye", auch „Le Bondieu" genannt, es folgen „Papa Legba" als Mittler zwischen den Göttern und Menschen, „Agowu", ein Dämon, der Stürme und Erdbeben auszulösen vermag, „Dambalah", der Gott der Schlangen, „Ogu" („Ogoun", der Gott der Kriege), „Gede", „Agwe" und „Erzulie". Ein Priester wird Hungan oder auch Babalawo, eine Priesterin Mambo genannt.

Luca vertiefte sich erneut in den Artikel und las dann wieder einen Abschnitt vor:

An zentraler Stelle stehen bei Voodoo-Ritualen das Opfer von Tieren oder Genussmitteln wie Rum und Tabak sowie der Priester, die in die Gemeinschaft Eingeweihten, das Fest und der Tanz mit seinen verschiedenen Gottheiten zugeordneten Trommel-Rhythmen und Gesängen. Die Loa ergreifen vereinzelt Besitz von den Tänzern, die sich dabei in tiefer Trance befinden.

Nick blies die Backen auf. „Das klingt alles ganz schön unheimlich. Was hat es denn nun mit diesen Puppen auf sich?"

Luca fand in dem Artikel, den er aufgerufen hatte, auch dazu einen entsprechenden Hinweis:

> Ein bekannter, aber meist übertrieben dargestellter Brauch ist das Herstellen von Voodoo-Puppen, die oft einem bestimmten Menschen nachgebildet sind. Manchmal wird auch ein Foto auf den Kopf der Puppe aufgeklebt. Durch das Stechen in die Puppe oder sogar Durchbohren mit Nadeln sollen dem Betroffenen Schmerzen zugefügt werden. Vor allem aber werden Voodoo-Puppen zum Heilen von Kranken benutzt. Dieses Verfahren wurde ursprünglich von Priestern in Haiti verwendet. Diese Puppen sind aus einer Not heraus entstanden, da die Sklaven bei den amerikanischen Sklavenhändlern keinen Voodoo praktizieren durften. Entsprechend waren aus Holz geschnitzte Abbildungen der Gottheiten oder Dämonen verboten. Folglich tarnte man Gottesabbilder als Puppen.

Luca wurde eiskalt – seine Mutter schwebte wirklich in Gefahr! Jemand wollte sie verletzen. Eine ohnmächtige Wut stieg in ihm auf. Wer steckte hinter dieser Drohung?

Fenja legte eine Hand auf seine Schulter. „Bleib ruhig“, sagte sie sanft. „Wir werden nicht zulassen, dass irgendjemand Katharina etwas tut.“

Luca lächelte angespannt. Gut, dass er solche Freunde hatte … Er zwang sich, weiter zu recherchieren, und tauchte mit Nick und Fenja immer tiefer in die Welt des Voodoo ein – eine Welt, die ihn vollkommen verwirrte.

„He, da steht ja auch etwas über schwarze Magie“, entfuhr es Nick. Er deutete auf den Bildschirm.

„Stimmt“, murmelte Luca und las folgenden Text:

Immer wieder wird Voodoo als schwarze Magie angesehen. Genährt wurden diese Vorstellungen durch die Praktiken des Totenkults und den Glauben an die Wiederbelebung längst Verstorbener. Menschenopfer sind in der Regel kein Bestandteil des Voodoo-Glaubens. Es werden aber Rituale praktiziert, bei denen Tiere geopfert werden. Diese Tieropfer dienen einerseits der spirituellen Ernährung der Loa, andererseits der Ernährung der Gläubigen. Es handelt sich demnach um rituelle Schlachtungen. Wie in anderen Kulturen und Religionen kann es vorkommen, dass Priester und Gläubige des Voodoo ihre vermeintlichen Kräfte für Schadzauber einzusetzen versuchen.

Priester und Anhänger des Voodoo-Glaubens, die solche Praktiken ausüben, werden Bokor genannt.

„Bokor", murmelte Luca. Ihn fröstelte. War etwa ein solcher gefährlicher Voodoo-Priester und Zauberer hier an Bord und hatte es auf Katharina abgesehen?

DREI BLUTIGE FEDERN

Am nächsten Morgen saßen Nick, Fenja, Luca und viele andere Passagiere in einem Raum neben Katharinas Büro. Die Reiseleiterin nutzte ihn für Info-Veranstaltungen, er konnte aber auch von den Passagieren an Bord für kleine Privatfeiern oder Konferenzen gebucht werden.

Nick hockte auf einem der Stühle, die in zwei Reihen hufeisenförmig um einen Tisch aufgestellt worden waren, an dem Katharina saß. Sie stellte die insgesamt dreitägige Tour „Voodoo-Land" vor, die am nächsten Morgen in aller Frühe losgehen sollte.

Nick wusste, dass es auch weitere Touren an Land gab, die von anderen Reiseleitern aus Katharinas Team angeboten und schon in den letzten Tagen in diesem Raum vorgestellt worden waren. Einige Passagiere schienen sich noch unschlüssig zu sein, für welches Angebot sie sich entscheiden sollten, denn sie tuschelten immer wieder miteinander.

„Der Ausflug beginnt in der Hauptstadt der Dominikanischen Republik, in Santo Domingo“, sagte Katharina gerade. „Diese Stadt bietet ein wunderschönes historisches Zentrum mit gotischen Kirchen und eine Strandmeile, wo zu fast jeder Tageszeit viel los ist. Ich verspreche Ihnen eine Stadt der Extreme und Gegensätze.“

Nick beobachtete die anderen Zuhörer. Ein Mann mit Stirnglatze, Schnauzbart, einer langen Nase, die spitz wie ein Brieföffner war, und einer Brille mit dicken Gläsern machte sich eifrig Notizen. Nun hob der etwa 40-Jährige wie in der Schule die Hand.

Katharina nickte ihm aufmunternd zu.

„Ich habe gelesen, dass die Kirchen in Santo Domingo keine festen Öffnungszeiten haben …“, sagte der Mann mit hoher Fistelstimme.

„Das ist richtig.“

„Aber wenn ich den Ausflug bezahle, möchte ich Gewissheit haben, diese Kirchen besichtigen zu können“, sagte der Mann. „Ich interessiere mich nämlich sehr für Kirchengeschichte. Ich habe, mit Verlaub“, er warf einen Beifall heischenden Blick in die Runde, „in Geschichte *promoviert*."

Nick verzog das Gesicht. Dieser Typ schien etwas anstrengend zu sein.

Luca, der neben Nick saß, zog fragend die Augenbrauen hoch.

Nick beugte sich an sein Ohr. „Er ist Doktor", flüsterte er ihm zu. „Und auf den Titel scheint er viel Wert zu legen."

Die Reiseleiterin lächelte. „Kein Problem, natürlich werden unser dominikanischer Begleiter Esteban und ich dafür sorgen, dass Sie und die anderen Teilnehmer der Tour die Kirchen anschauen können."

Doch damit gab sich der Mann, der sich als Dr. Korte vorstellte, nicht so einfach zufrieden. Er löcherte Katharina mit weiteren Fragen, deren Sinn sich Nick nicht unbedingt erschloss. Lucas Mutter beantwortete auch diese Fragen ganz souverän und freundlich. Schließlich gelang es ihr, mit ihrem Vortrag fortzufahren. Und so erfuhren Nick und die anderen, dass die Tour von der Hauptstadt nach *La Romana*, zum Badeort *Bayahibe* und schließlich in den berühmten Parque Nacional del Este führen würde.

„Im Park erwartet Sie ein besonderes Highlight", schwärmte Katharina. „Unter sachkundiger Führung von Esteban werden wir über verschlungene Pfade ein

Gebiet betreten, in dem bisher noch kaum Touristen waren. Es gilt als das Voodoo-Land, weil viele Einheimische dieser Religion angehören. Ziel ist die Höhle Cueva del Puente mit ihren wunderschönen Felszeichnungen."

Sofort schoss Kortes Finger wieder in die Höhe. Diesmal wollte der Passagier wissen, von wem die Zeichnungen waren.

Geduldig antwortete Katharina ihm: „Sie stammen von den Vorfahren der Einheimischen, den Taíno. Schon sie verehrten diesen Ort, weil er nach ihrem Glauben das Tor zur unterirdischen Welt der Geister bildete. Und auch die Anhänger des Voodoo-Glaubens sind davon überzeugt, dass ihre Götter unter der Erde leben."

Katharina ließ die Worte wirken, bevor sie fortfuhr: „Nach dem Besuch von Santo Domingo werden wir eine Nacht an Bord schlafen. Die Tour im Park wird jedoch zwei Tage dauern, und dabei werden Sie leider auf den Komfort der Fantasy verzichten müssen – jedenfalls für eine Nacht. Wir werden einmal in Zelten schlafen und am Lagerfeuer kochen, es wird also ganz wildromantisch. Sie werden unberührte Natur erleben. Außerdem bieten wir Ihnen eine Voodoo-Show …"

Nick wurde unbehaglich. Eine Voodoo-Show? Nach den Ereignissen der vergangenen Nacht war ihm danach nicht unbedingt zumute. Andererseits war es ja nur eine Show.

Das Publikum reagierte begeistert, und Nick hatte das Gefühl, dass viele die Tour buchen wollten – auch Dr. Korte, der Schlaumeier vom Dienst.

„Gut“, sagte die Reiseleiterin abschließend. „In dem Regal vor meinem Büro liegt ein gelber Aktenordner aus. Darin ist alles Wissenswerte zu dieser Tour zusammengefasst. Dort können Sie sich auch verbindlich anmelden. Bedenken Sie bitte, dass die Teilnehmerzahl begrenzt ist! Selbstverständlich können Sie mich auch gerne persönlich fragen, wenn noch etwas unklar sein sollte.“

Während sich die Gruppe auflöste, nahm Dr. Korte das Angebot gerne an und kam gleich nach vorn zu Katharina. „Ja, ich hätte da noch ein paar Fragen, zum Beispiel zum Thema Verpflegung. Ich vertrage bestimmte Gerichte nicht und da wollte ich wissen …“

Grinsend wandte sich Nick ab. „Das kann ja heiter werden“, sagte er zu Luca und Fenja.

„Tja, das gehört auch zu Katharinas Job“, erwiderte das Mädchen. „Immer lächeln, immer lächeln.“

„In der Schule war der Typ ein großer Streber, wetten?“, sagte Luca. „Aber irgendwie habe ich auch noch Informationsbedarf. Ich würde mich gerne noch ein wenig über diesen Nationalpark schlaumachen.“

„Gute Idee, aber du willst dich doch jetzt nicht in die Kabine hocken und im Internet surfen, oder?“ Nick tippte sich an die Stirn. „Draußen ist super Wetter. Lasst uns lieber ein bisschen am Pool abhängen! Wir können auch später nachschauen.“

„Stimmt – erst mal ab in die Sonne!“, rief Fenja.

Und so relaxte das Trio kurz darauf an den Pools. Die Freunde hatten drei Liegen nebeneinander ergattert. Luca hörte Musik aus dem MP3-Player seines Handys, Fenja fertigte Skizzen auf ihrem Zeichenblock und Nick tat ganz einfach nichts und ließ sich die Sonne auf den Bauch scheinen.

Nach einer Weile beugte er sich vor und linste zu Fenja hinüber. „Was soll das werden?“, fragte er sie.

„Ich zeichne lustige Typen an Bord“, erwiderte seine Schwester.

Nick sah sich das Werk genauer an. „Sieht aus wie ein Alien“, meinte er. „Der Kerl hat abstehende Ohren und eine ziemlich lange Nase, fast wie ein Rüssel.“

Fenja feixte. „Ein Alien? Ich weiß nicht …“ Sie schaute Nick tief in die Augen. „Aber wenn du meinst – ich habe dich als Vorlage für dieses Bild gewählt.“

„Das ist nicht dein Ernst, oder?“

Fenja nickte heftig. „Doch, doch!“

Mit einem Seufzen lehnte sich Nick wieder zurück.

„Ich frage mich wirklich, wieso du immer eine Eins in Kunst bekommst.“

„Talent, reines Talent. Unser Lehrer weiß das eben zu würdigen!“

Nach einem herrlich sonnigen Tag auf Deck 13 gingen Nick, Fenja und Luca gegen 18 Uhr in ihre Kabinen, um sich für das Abendessen umzuziehen, das sie eigentlich wie üblich mit Katharina und Jo einnehmen wollten. Doch die Reiseleiterin würde erst später zu ihnen stoßen. Sie hatte jetzt eine Dienstbesprechung mit den anderen Reiseleitern an Bord.

Luca brauchte mal wieder deutlich länger als Nick, um sich zu stylen. Er stand mit der Gel-Tube in der Hand vor dem Spiegel und zupfte an seinen Haaren herum.

Nick nutzte die Zeit für eine kleine Internet-Recherche. „Wie heißt der Nationalpark noch mal?“, fragte er.

„Parque Nacional del Este, glaube ich“, kam es zurück.

Nick gab diesen Namen ein und starrte auf die Suchergebnisse. Dann wählte er einfach den ersten Treffer aus, den er unter **www.tripwolf.com/de/guide/show/294312/Dominikanische-Republik/Parque-Nacional-del-EsteIsla-Saona.de** gefunden hatte. Er überflog den Text und las ihn dann seinem Kumpel vor:

In dem seit 1975 geschützten, 430 km² großen Gebiet hat sich eine üppige Fauna und Flora erhalten, darunter zahlreiche Orchideenarten, Mahagonibäume, Papageien und verschiedene Wasservögel wie der Rotfußtölpel. Zum Park gehören auch der Paso de Catuán, die Isla Catalinita und die Isla Saona – insgesamt das größte unversehrte Küstenökosystem der Karibik. In Tagesausflügen mit Führer erreichbar sind die mit Taíno-Zeichnungen geschmückten Höhlen Cueva del Puente und José María.

„Cool“, sagte Luca, der nach wie vor am Spiegel stand. „Klingt nach tollen Fotomotiven – vor allem die Orchideen. Ob sich viele für die Tour angemeldet haben?“

„Das können wir ja leicht nachprüfen“, sagte Nick. „Lass uns vor dem Abendessen schnell bei Katharinas Büro vorbeischauen. Dort liegt doch der Info-Ordner aus, damit sich die Leute jederzeit eintragen können, wenn sie bei der Tour mitmachen wollen.“

Eine Viertelstunde später erreichten Nick, Luca, Fenja und Jo das inzwischen geschlossene Büro der Reiseleiterin. Nick zog den gelben Ordner aus dem davorstehenden Regal und klappte ihn auf. Die anderen schauten ihm über die Schulter.

Der Junge blätterte rasch über die Seiten hinweg, auf denen allgemeine Reiseinformationen über die Dominikanische Republik standen, und kam schließlich zum Bereich, der mit „Touren" überschrieben war.

„Ah, hier …" Nick stoppte mitten im Satz. Seine Knie wurden weich, jede Farbe wich aus seinem Gesicht. Drei blutverschmierte weiße Hühnerfedern lagen zwischen den Seiten, die er gerade aufgeschlagen hatte. Entsetzt ließ er den Ordner fallen.

„Was … was ist das?", stammelte er.

„Voodoo", murmelte Jo, der sichtlich um Fassung bemüht war. „Ich bin kein Experte in diesen Dingen, habe aber mal einen Film darüber gesehen. Bei Voodoo-Zeremonien werden Hühner geopfert."

Nick sah den Arzt fragend an. „Und was soll das hier bedeuten, wo ist der Zusammenhang?"

Jo zuckte mit den Schultern. „Vielleicht soll es eine weitere Warnung sein. Niemand soll das Voodoo-Land betreten …"

DER HERR DES TODES

Fenja lag in ihrer Kabine auf dem Bett und starrte an die Decke. Es war weit nach Mitternacht, aber das Mädchen konnte nicht einschlafen. In Fenjas Kopf kreisten die Gedanken. Natürlich hatten sie Katharina von den blutigen Federn erzählt, als die Reiseleiterin nach dem Meeting mit ihren Kollegen zu ihnen gestoßen war. Katharina hatte das Ganze heruntergespielt, aber Fenja hatte ihr angesehen, dass die mysteriöse Sache sie mitnahm. Der Abend war ruhiger als sonst verlaufen, die Stimmung war gedrückt gewesen und sie waren alle früher zu Bett gegangen.

Was hatte der unheimliche Unbekannte vor?, überlegte das Mädchen. Und was würde passieren, wenn sie das Voodoo-Land im Nationalpark betraten? Wie weit würde er gehen? Bisher waren es nur Warnungen gewesen, bisher …

Fenjas Mund war trocken und sie griff zur Mineralwasserflasche, die auf ihrem Nachttisch stand. Doch sie war leer.

Das Mädchen zögerte einen Moment, dann schlüpfte es rasch in Jeans, T-Shirt und Turnschuhe. Die meisten Bars an Bord waren zu dieser Zeit noch geöffnet und Fenja würde sich jetzt eine eiskalte Flasche Wasser besorgen.

Leise glitt sie hinaus auf den Gang – und prallte zurück.

Vor der Kabine der Reiseleiterin stand jemand und machte sich am Türschloss zu schaffen. Der Unbekannte war ganz in Schwarz gekleidet und trug einen Zylinder und Handschuhe. Jetzt drehte die Gestalt ganz langsam den Kopf und schaute das Mädchen an – und Fenja kam es so vor, als schaue sie dem Tod mitten ins Gesicht. Denn dieses Gesicht war weiß wie ein Leichentuch, die Augen ruhten tief in pechschwarzen Höhlen und in den Mundwinkeln klebten feine Fäden getrockneten Blutes.

Fenja wollte schreien, brachte jedoch keinen Ton heraus. Wie gelähmt starrte sie die unheimliche Erscheinung an, in die nun Bewegung kam. Der Unbekannte

wandte sich ab und rannte den ansonsten menschenleeren Gang hinunter.

Fenja schnappte nach Luft. Ein, zwei Sekunden überlegte sie, was sie tun sollte, dann fasste sie sich ein Herz und jagte der Gestalt hinterher. Wenn sie herausbekam, wer dieser grauenerregende Typ war, hätte der Spuk vielleicht ein für alle Mal ein Ende. Und wenn sie Glück hatte, traf sie gleich andere Passagiere, die ihr helfen konnten!

Die schwarze Gestalt wählte nicht den Weg zu den Aufzügen, sondern zwängte sich zu Fenjas Überraschung durch eine massive Stahltür zu den *Niedergängen*. Im Falle eines Feuers an Bord dienten diese Treppen als Fluchtwege.

Fenja zog die Tür vorsichtig auf. Sie ahnte, warum der Unbekannte diesen Weg gewählt hatte. Hier würde ihn kaum jemand aufhalten – wer von den Passagieren und Crewmitgliedern benutzte schon die Treppen, wenn es bequeme Aufzüge gab?

Niemand war zu sehen, aber es waren Schritte zu hören. Fenja schaute die Treppe hinunter und erblickte die Gestalt, die gerade die letzten Stufen zu Deck 6 nahm.

Das Mädchen flitzte weiter. Schließlich erreichten sie tief unten im Bauch des Schiffes Deck 1, das für Passagiere eigentlich gesperrt war. Fenja wusste von ihren regelmäßigen Besuchen auf der *Kommandobrücke* bei Kapitän Bromüller, dass hier das Herz des Schiffsgiganten schlug: vier haushohe Dieselmotoren und zwei Gasturbinen, die mit ihren über 100.000 PS die Fantasy antrieben.

Gehörte die Schreckensgestalt etwa zum technischen Personal?, überlegte Fenja, als sie den grün gestrichenen Stahlboden des untersten Decks betrat, der, bedingt durch die nahen Motoren, vibrierte. Doch das konnte sich das Mädchen kaum vorstellen. Vielmehr glaubte es, dass der Unbekannte sich hier unten nur verstecken wollte.

Doch wo war die Gestalt nun überhaupt hin? Fenja konnte sie nirgends entdecken. Vor ihr zweigten mehrere schmale Gänge ab. Aufs Geratewohl schlich das Mädchen in den Gang ganz links.

In dieser Sekunde verlosch das Licht und Fenjas Herz setzte einen Schlag aus. Nun verbreitete nur noch eine Notbeleuchtung einen schwachen grünlichen Lichtschein.

War das hier eine Falle? Hatte die Gestalt sie absichtlich auf das menschenleere Deck 1 gelotst, dorthin, wo es keine Zeugen gab? Schlagartig wurde Fenja heiß, was nicht an der stickigen Luft lag, die in dem finsteren Gang stand.

Weg hier!, dachte das Mädchen. Es drehte sich um,

wollte zurück zum Niedergang. Doch es kam nicht weit. Denn dort, fast verschmolzen mit der Dunkelheit, stand die Gestalt mit dem bleichen Gesicht, den Kopf mit dem Zylinder leicht geneigt, ein irres Lächeln auf den schmalen, weißen Lippen.

Fenja wirbelte herum und flüchtete den Gang hinunter. Jetzt hatten die Gestalt und sie die Rollen getauscht, jetzt war der Unbekannte der Jäger!

Die Angst verlieh Fenja Flügel. Sie hetzte in einem atemberaubenden Tempo voran und bog immer wieder in irgendwelche Gänge ab, bis sie nicht mehr konnte und nach Luft schnappend stehen blieb.

Ängstlich spähte sie über die Schulter. Niemand zu sehen. Dafür erblickte sie einen Lichtschalter und drückte ihn. Über ihrem Kopf ging flackernd eine Neonröhre an und spendete kaltes Licht, das Fenja in diesem Moment jedoch als unendlich tröstend empfand.

Fenja wollte nur noch eins: so schnell wie möglich zurück zu Deck 7. Zum Glück hing neben dem Lichtschalter ein Fluchtplan, aus dem ihr Standort hervorging. So war es überhaupt nicht schwer, den Rückweg zu finden.

Unterwegs machte das Mädchen immer wieder halt und schaute sich vorsichtig um. Doch die unheimliche Gestalt war verschwunden. Zum einen war Fenja erleichtert, sie abgeschüttelt zu haben. Zum anderen ärgerte sie sich, dass dieser Kerl den Spieß umgedreht und am Ende sie verfolgt hatte. Ihr Versuch, den Unbekannten zu enttarnen, war gescheitert.

Völlig erschöpft gelangte Fenja schließlich zur Kabine der Jungs und trommelte sie aus dem Schlaf.

„Was ist denn los?“, fragte Luca mit verkniffenen Augen an der Tür.

„Lass mich rein“, sagte Fenja nur und schob sich an ihm vorbei.

Sobald auch Nick einigermaßen wach war, erzählte Fenja, was vorgefallen war.

„Ach, du Schande“, sagte Nick, sobald das Mädchen fertig war. „Was sollte diese Maskerade?“

„Ich fürchte, dass das wieder so eine Voodoo-Nummer war“, sagte Fenja leise. „Vielleicht wollte der Typ Katharina einen Schreck einjagen oder so etwas …“

Luca ging zu seinem Laptop. „Voodoo? Vielleicht können wir das überprüfen. Du hast doch gesagt, dass der Kerl wie der wandelnde Tod aussah, oder?“

Fenja schüttelte sich. „Richtig, es war wirklich verdammt unheimlich …“

„Wenn ich mich recht entsinne, waren doch diese Gede-Götter die Hüter der Friedhöfe – vielleicht bist du so einem begegnet!“

Luca fuhr den Rechner hoch und gab im Internet den Suchbegriff „Gede“ ein, fand aber nichts Verwertbares.

Also machten sie sich auf den Weg in die mit 10.000 Büchern gut bestückte Bibliothek der Fantasy, die rund um die Uhr geöffnet hatte. Nach einigem Suchen stießen sie auf ein interessantes Buch von Astrid Reuter, das den Titel „Voodoo und andere afroamerikanische Religionen“ trug. Luca blätterte es durch und wurde auf Seite 38 fündig. „Aha“, sagte er, diese Gede-Götter sind eine richtige Familie!“ Er zitierte folgenden Text:

Oberhaupt der Gede-„Sippe“ ist Baron Samdi („Baron Samstag“), der in Trance als Leiche erscheint, nasaliert spricht, steif zu Boden stürzt, worauf sich die Anwesenden von Trauer erfüllt um ihn versammeln, sein Gesicht weiß pudern und seinen Unterkiefer mit einem weißen Tuch hochbinden, wie man es bei Toten tut.

Er überflog einen Absatz. Dann las er mit stockender Stimme vor:

Um Allerheiligen, dem traditionellen Totengedenktag Anfang November, ziehen Scharen von Gede-Geistern durch Port-au-Prince: mit weiß gepuderten Gesichtern, in schwarzen Fracks oder Gewändern, mit Zylindern oder Melonen und Sonnenbrillen.

Fenja ließ sich auf Nicks Bett sinken. „Dann bin ich also gerade dem Herrn des Todes begegnet“, sagte sie leise.

„Sieht ganz so aus“, erwiderte Luca. „Und irgendwie habe ich das dumme Gefühl, dass das nicht das letzte Mal war.“

PIRATEN IN DER KATHEDRALE

Noch in derselben Nacht ging die Fantasy vor Santo Domingo vor Anker.

Beim Frühstück erzählten die Freunde Katharina von der unheimlichen Gestalt, die sich an ihrer Tür zu schaffen gemacht hatte. Fenjas gefährliche Verfolgung erwähnten sie jedoch lieber nicht. Die Reiseleiterin war entsetzt und spielte mit dem Gedanken, die Tour abzublasen. Doch nach einigem Hin und Her kamen sie dann gemeinsam zu dem Ergebnis, sie doch durchzuführen.

Katharinas Reisegruppe verließ das Schiff bereits um acht Uhr, um die Hauptstadt zu erkunden. Trotz der recht frühen Morgenstunde war es bereits jetzt drückend schwül.

Wenig später stand Luca mit Fenja, Nick und den rund 20 anderen Teilnehmern der Tour im *Parque Colón* im historischen Zentrum der Millionenstadt Santo Domingo. Der Junge hob die Kamera und richtete sie auf eine Statue, die auf einem Steinsockel stand und den linken Arm ausgestreckt hatte. Auf dem Kopf saß eine gurrende Taube.

„Das ist *Christoph Kolumbus*", erklärte Katharina gerade. „Er entdeckte Hispaniola im Jahr 1492."

Luca schaute sich auf dem gepflasterten Platz um. Jahrhundertealte, mit Arkaden geschmückte Paläste aus grau-weißen Steinen säumten ihn. Im Westen stand das Rathaus, das, wie Katharina erklärte, aus dem 16. Jahrhundert stammte. Nun beherbergte es im Erdgeschoss die Touristeninformation, vor der sich eine Besuchergruppe drängte. Ein fliegender Händler bot den Touristen Kappen und Sonnenbrillen an.

Im Süden erhob sich ein gedrungener Bau mit einem großen Haupttor, das rechts und links von je zwei Arkaden flankiert war.

„Das ist die Kathedrale mit dem hübschen Namen *Basilica Menor de la Virgen de La Anunciación*", ergänzte Katharina, die Lucas Blick gefolgt war. „Doch …"

„Ja", mischte sich jetzt Dr. Korte ein und pochte auf einen Reiseführer, dick wie ein Schulatlas. „Aber die Einheimischen nennen sie einfach nur Santa Maria …"

„Richtig, das wollte ich auch gerade sagen“, bemerkte die Reiseleiterin geduldig.

„Ach so, das konnte ich ja nicht ahnen“ sagte Korte und lachte gekünstelt. Dann fügte er listig hinzu: „Aber wissen Sie denn auch, wer einst mit dem Bau begann?“

Luca warf den Zwillingen einen kritischen Blick zu. Dieser Schlaumeier würde ihnen vermutlich noch ziemlich auf den Zeiger gehen.

Katharina setzte ein souveränes Lächeln auf. „Natürlich – es war Erzbischof *Alessandro Geraldini* – und zwar im Jahr 1521.“

Korte nickte. „Sie sind wirklich gut informiert.“

Luca grinste. Dieser Punkt war eindeutig an Katharina gegangen!

„Das ist mein Job“, entgegnete Katharina kühl. „Ah, da kommt ja meine Verstärkung Esteban.“

Ein Mann Mitte 20 schlenderte auf sie zu. Er hatte ein kantiges Gesicht, war deutlich über 1,80 Meter groß, breitschultrig und trug einen Dreitagebart, der seiner Erscheinung etwas Verwegenes gab. Über seiner linken Schulter hing ein Rucksack. Bekleidet war Esteban mit Jeans, einem verwaschenen, dunkelblauen T-Shirt und festen Turnschuhen. Sein federnder Gang verriet, dass der Mann sehr sportlich war. Auf Luca wirkte er eher wie ein Surflehrer als ein Reiseleiter. Esteban war ihm sofort sympathisch.

Der junge Mann stellte sich der Gruppe kurz vor. Er sprach fließend Deutsch mit spanischem Akzent und berichtete, dass er schon mehrere Touren mit Katharina zusammen geleitet habe. Er bat alle darum, ihn einfach mit seinem Vornamen anzusprechen.

„Ziemlich cool, der Typ“, sagte Fenja leise zu Luca.

Der Junge nickte nur.

Esteban stimmte sich kurz mit Katharina ab und führte die Gruppe dann in die nahe Kathedrale, deren Gewölbe von zwei sandfarbenen Säulenreihen getragen wurde. Er zeigte ihnen den Marienaltar und die Kapelle der zwei Löwen, in der der Gründer der Kirche begraben worden war. Luca machte noch einige Fotos, bevor Esteban sie wieder nach draußen geleitete.

„Diese wunderschöne Kathedrale hat auch schon mal sehr schwere Zeiten durchgemacht“, sagte der Reiseleiter im Schatten der Arkaden.

„Stimmt“, rief Dr. Korte dazwischen. „Ich habe …“

„Psst!“, machte jemand aus der Gruppe.

„Erlauben Sie mal“, brauste Korte auf.

Esteban hob beschwichtigend die Hände. „Es war am 11. Januar 1586“, fuhr er fort. „Damals eroberte und plünderte der englische Entdecker und Pirat *Francis Drake* die Stadt. Er war oft im Auftrag der englischen Krone unterwegs, weil die Engländer mit den Spaniern um die Vorherrschaft auf den Meeren konkurrierten.

Drake nistete sich mit seinen Männern in der Kathedrale ein und kampierte hier einen ganzen Monat lang. Damit provozierten die Engländer ganz gezielt die Spanier. Erst als die Bewohner der Stadt Drake 25.000 *Dukaten* gaben, zogen er und seine Piraten ab."

Piraten in der Kathedrale!, dachte Luca. Was für eine Geschichte!

Sie verließen den Platz mit der Kolumbus-Statue und gingen unter der Führung von Katharina und Esteban zur nahen *Ozama-Festung*, die Luca mit ihren bis zu 20 Meter hohen trutzigen Türmen an eine alte Ritterburg erinnerte.

Esteban zeigte ihnen eine Stelle vor dem mächtigsten Turm, dem *Torre de Homenaje*, wo man besonders gut fotografieren konnte. Von hier blickte Luca auf das in der Sonne glitzernde Wasser des *Ozama* und den Jachthafen. Über zwei Brücken quälten sich schier endlose Autoschlangen.

Die Gruppe hatte nun eine halbe Stunde Zeit, die Festung auf eigene Faust zu erkunden. Luca blieb bei Katharina und den Zwillingen. Sie waren gerade auf dem Weg zu den alten, schweren Kanonen, deren Mündungen auf den Fluss deuteten, als Katharinas Handy bimmelte.

Die Reiseleiterin griff zu dem Telefon, das sie in einer kleinen Ledertasche am Gürtel trug. „Ja?"

Luca schaute neugierig zu seiner Mutter und so entging ihm nicht, dass Katharina plötzlich blass wurde.

„Wer sind Sie?“, fragte sie auf Spanisch.

Ihre Stimme klang gehetzt und Luca wusste sofort, dass etwas nicht stimmte. Auch Fenja und Nick waren hellhörig geworden.

„Hören Sie auf damit!“, blaffte die Reiseleiterin. Dann folgte etwas auf Spanisch, das Luca nicht verstand. Keine halbe Minute später war das Gespräch beendet.

„Wer war das?“, fragte Luca mit einem flauen Gefühl in der Magengegend.

„Das würde ich auch gerne wissen“, sagte Katharina, während sie das Handy in die Tasche rammte. „Er hat seinen Namen nicht genannt. Außerdem hatte ich das Gefühl, dass er seine Stimme verstellt hat.“

Luca schluckte. „Hat es etwas mit ... Voodoo zu tun?“

Seine Mutter richtete den Blick auf den breiten Turm. Ihre Stirn lag in tiefen Falten. Dann nickte sie langsam. „Ja, indirekt“, erwiderte sie. „Der Anrufer hat von mir verlangt, den Nationalpark nicht zu betreten – jedenfalls nicht das Gebiet um die Höhle. Sonst ...“

„Was sonst?“

Katharina blickte zu Boden. „Sonst würde etwas Furchtbares passieren. Etwas, was nur ich zu verantworten hätte.“

Luca schaute besorgt zu seinen Freunden. Sie waren ebenso fassungslos wie er.

„Ein Spinner“, sagte die Reiseleiterin und versuchte zu lächeln. Es misslang. „Nur ein blöder Spinner, der uns Angst einjagen will. Mehr nicht.“

„Woher hatte der Typ überhaupt deine Telefonnummer?“, fragte Luca.

Katharina zuckte mit den Schultern. „Keine Ahnung. Aber es ist nicht allzu schwer, sie herauszubekommen. Unter anderem hängt sie in dem Schaukasten an meinem Büro – für Notfälle.“

„Das würde darauf hinweisen, dass der Anrufer einer der Passagiere ist“, kombinierte Luca.

„Oder jemand von der Crew“, ergänzte Nick.

Luca nickte. Das war auch denkbar.

„Kommt, wir gehen zu den anderen. Und lasst euch bitte nichts anmerken. Ich möchte nicht, dass es Unruhe in der Gruppe gibt. Das will der Verrückte doch nur erreichen“, sagte Katharina.

Die Gruppe verließ das Festungsareal und tauchte in die Altstadt ein. Sie streiften durch die *Calle de las Damas* mit ihren wunderbar altmodischen, verschnörkelten Straßenlaternen. Luca staunte über die zumeist einstöckigen, massiven Häuser, die auf ihn wie kleine Festungen wirkten und die auf der Ostseite der Straße mit der Stadtmauer verschmolzen. Ihre Fenster waren durch schmiedeeiserne Gitter geschützt und viele Hauseingänge mit waffenstarrenden Familienwappen verziert. Luca ahnte, dass hier einst die reichen spanischen Familien gewohnt hatten.

Ob hier die Goldmünzen zusammengetragen worden waren, um damit den Piraten Drake endlich zum Abzug zu bewegen?, überlegte er. Und was war eigentlich aus dem Schatz geworden?

Der Junge holte Katharina und Esteban ein, die vornweg liefen. Aber beide wussten es nicht und so nahm sich Luca vor, das Thema später an Bord zu recherchieren.

Während sie weiter die fahnengeschmückte Straße mit ihren unzähligen Restaurants, Souvenirshops und Getränkeständen entlanggingen, hörte Luca, wie sich die beiden Reiseleiter über den Tourenverlauf unterhielten.

„Und ihr wollt wirklich in dieses ganz spezielle Gebiet im Nationalpark?“, fragte Esteban gerade.

„Selbstverständlich“, erwiderte Katharina. „Das soll der Höhepunkt der gesamten Tour werden. Willst du etwa einen Rückzieher machen? Das wäre schlimm, denn du kennst dich dort besser aus als ich!“

Esteban schüttelte den Kopf. „Nein, keinen Rückzieher. Aber ich gebe zu, dass mir die Sache nicht geheuer ist.“

„Warum?“

„Du weißt, wie man das Gebiet um die Höhle nennt, oder?“

„Na klar, schließlich habe ich unsere Tour ja gerade deshalb danach benannt.“

Esteban blieb so abrupt stehen, dass Luca fast gegen ihn gelaufen wäre. „Es ist das Voodoo-Land, das Land der Geister. Schon die Taíno haben hier Kontakt zu den Göttern im Untergrund aufgenommen! Ich habe Angst, dass dort etwas passieren könnte“, sagte der Reiseleiter unheilvoll. „Ich habe seltsame Dinge gehört.“

Trotz der Hitze, die über der Stadt brütete, spürte Luca einen kalten Schauder.

Doch auch jetzt ließ sich Katharina nicht von den Zweifeln und Warnungen eines anderen bremsen. „Davon werde ich mich nicht aufhalten lassen“, sagte sie mit fester Stimme, „denn ich …“

„Weshalb geht es denn nicht weiter?“, quengelte Dr. Korte, der unmittelbar hinter Luca, Fenja und Nick stand.

„Schon gut“, rief Katharina ihm fröhlich zu. „Wir werden jetzt ein schattiges Lokal aufsuchen, wo wir die einheimische Küche genießen können!“

Als sich Luca wenig später an den gedeckten Tisch setzte, wollten ihm Estebans Worte nicht mehr aus dem Kopf gehen. Er hätte nicht gedacht, dass dieser so lässig wirkende Typ Angst vor dem Voodoo-Kult haben könnte. Katharina dagegen war gerade ganz locker geblieben. Dabei hatte sie nach den Vorfällen an Bord der Fantasy oder gerade in der Festung doch viel mehr Grund zur Sorge als ihr einheimischer Kollege.

Erst am frühen Abend gelangte die Gruppe wieder auf die Fantasy.

„Dieser Korte nervt mich unglaublich“, sagte Fenja, als sie bei Luca und Nick in der Kabine war. „Alles weiß er besser. Der Kerl ist ein absoluter Schlaumeier, richtig oberlehrerhaft.“

„Stimmt“, sagte Luca, während er die Kamera an den Rechner anschloss. Er wollte unbedingt sofort seine Foto-Ausbeute betrachten.

„Hoffentlich hält er morgen öfter die Klappe“, meinte Nick und streckte sich auf seinem Bett aus.

„Das kann ich mir nicht vorstellen“, erwiderte Luca und seufzte.

Zwei Minuten lang herrschte Schweigen.

Dann tauchten die ersten Fotos in einer Übersicht auf.

„Wow, die sind echt super geworden“, rief Luca erfreut. „Schaut mal her.“

Gemeinsam betrachteten sie die Aufnahmen.

„Die Sache mit Drake ist wirklich eine unglaubliche

Geschichte“, sagte Luca, als sie die Fotos von der Kathedrale unter die Lupe nahmen.

„Ja, ich dachte immer, dass Piraten Schiffe entern“, entgegnete Nick. „Aber eine Kirche?“

„Piratenüberfälle auf Siedlungen waren doch keine Seltenheit“, sagte Fenja. „Das haben schon die Wikinger gemacht.“

Luca löschte ein paar weniger gelungene Bilder. „Mag sein“, meinte er dabei, „aber mich interessiert, was aus den Dukaten geworden ist. Hat Drake das Gold mit nach England genommen – oder haben die Piraten die Beute in der Karibik verprasst?“

„Wir können doch mal im Internet nachschauen“, schlug Nick vor. „Das interessiert mich auch.“

Nachdem der Technik-Freak Luca die seiner Meinung nach guten Fotos archiviert und sicherheitshalber eine Kopie auf einen USB-Stick gezogen hatte, begannen sie mit der Recherche im weltweiten Netz.

Dabei fanden sie unter **www.oppisworld.de/philo/drake.html** folgenden Eintrag:

Sir Franics Drake, englischer Freibeuter, Weltumsegler (1577–1580), als Seeräuber im Bereich der Westindischen Inseln erfolgreich, plünderte dann im Auftrag der englischen Königin Elisabeth I. spanische Handelsschiffe.

Dabei segelte er über Kap Hoorn die Westküste Amerikas entlang bis zur Vancouverinsel und vollendete dann die Erdumseglung. 1581 wurde er geadelt. Es folgten weitere Angriffe gegen spanische Besitzungen in der Karibik.
Als Vizeadmiral war er Teilnehmer der Schlacht gegen die spanische Armada (1588).
Sir Francis Drake starb, schwer erkrankt, am 28. Januar 1596 in Portobelo in Panama.

Über den Überfall auf die Kathedrale in Santo Domingo fanden sie allerdings nichts.

„Schade", sagte Luca enttäuscht. Doch dann schnippte er mit den Fingern. „He, Leute, wir haben ja noch unser Reisehandbuch! Vielleicht steht das etwas drin."

Luca fand das Buch nach kurzer Suche. Es handelte sich um das „Dumont-Reise-Taschenbuch Dominikanische Republik".

Er hockte sich aufs Bett und schlug es auf. Nick und Fenja setzten sich rechts und links neben ihn. Nach einigem Suchen stieß Luca auf Seite 72 auf ein Kapitel über die Kathedrale und Drakes unheilvollen Besuch Ende des 16. Jahrhunderts. Mit großen Augen las der Junge folgenden Text:

Drakes Leute konnten ungestraft einen ganzen Monat in dem heiligsten Ort der Stadt, der Kathedrale, biwakieren. Im Hauptschiff hielten sie ihre Gelage ab, Drake residierte in der Kapelle Santa Ana, die Kapelle San Pedro war das Gefangenenlager und andere Kapellen dienten sogar als Pferdeställe. Diese Kirchen-Profanierung war mehr als übliche Seeräuberei: eine gezielte Provokation des iberischen Katholizismus durch den Protestanten Drake. Schließlich packte er auch noch den Kirchenschatz ein – er befindet sich noch heute in London. Erst 25.000 Dukaten, die die Bürger aus ihrem Vermögen sammelten, konnten Drakes Männer wieder zum Abschied bewegen, doch nahmen sie noch die Kirchenglocken, die Geschütze der Festung und alle Handelswaren mit, derer sie habhaft werden konnten.

„Nicht zu fassen“, murmelte Nick.

„Und die Dukaten?“, fragte Fenja. „Sind die auch nach London gelangt?“

Luca las den Text zu Ende. „Hm“, meinte er schließlich, „über den Verbleib des Goldes ist scheinbar nichts bekannt. Es ist noch nicht einmal klar, ob die Dukaten England überhaupt jemals erreichten.“ Er klappte das Buch zu. „Noch ein Rätsel …“

„Ja, wie die Sache mit dem faulen Voodoo-Zauber", stimmte Nick ihm zu.

„Sogar Esteban scheint Angst vor bestimmten Voodoo-Priestern zu haben", bemerkte Luca nachdenklich. „Vielleicht ist ihm ja mal ein *Bokor* begegnet."

„Ja oder so eine gruselige Gestalt wie mir in der vergangenen Nacht", ergänzte Fenja. „Hoffentlich bleibt es wenigstens heute Nacht ruhig …"

Darauf entgegnete Luca nichts. Morgen würden sie das sogenannte Voodoo-Land betreten. Dieser Gedanke erfüllte ihn mit leichter Furcht.

EL LOCO

Auch am nächsten Tag mussten die Freunde früh aufstehen. Bereits um sechs Uhr bimmelte der in Nicks Handy integrierte Wecker. Nick quälte sich aus den Federn und fragte sich, ob er hier wirklich auf einer Urlaubsreise war.

Sechs Uhr! So früh stand er ja noch nicht einmal in der Schulzeit auf. Er rüttelte an Lucas Schulter, bis dieser endlich ebenfalls wach war, und klopfte an die Wand zu Fenjas Kabine. Die Antwort war ein Trommelwirbel. Keine Frage, das Mädchen war bereits auf den Beinen.

Nachdem er geduscht hatte, schaute Nick aus dem Fenster und erblickte eine große Stadt. Gestern Abend hatte Katharina ihnen erzählt, dass die Fantasy in der

Nacht vor La Romana vor Anker gehen würde, eine Stadt, die etwa 100 Kilometer östlich von Santo Domingo lag und in ihrem Zentrum selbst kaum Sehenswürdigkeiten bot. Am Rand von La Romana lag laut Katharina jedoch eine ganz besondere touristische Attraktion: ein Dorf, das im Stil längst vergangener Zeiten erbaut worden war. Außerdem würden sie am frühen Nachmittag einen der schönsten Strände der gesamten Dominikanischen Republik besuchen.

Der Tag kann eigentlich nur ein Knüller werden, dachte Nick. Für einen Moment hoffte der Junge, dass der Voodoo-Spuk einfach vorbei war. Aber er ahnte, dass sie auf der Hut bleiben mussten.

„Komm, lass uns was essen gehen!", erklang Lucas Stimme hinter ihm.

Nick wandte sich vom Fenster ab und folgte seinem Kumpel aus der Kabine.

Draußen stand bereits Fenja. Ihre roten Haare waren noch feucht. „Hatte keine Zeit zum Föhnen", sagte sie. „Das dauert immer so lang."

Nach einem schnellen Frühstück kam die Gruppe vor Katharinas Büro zusammen. Auch Korte war natürlich dabei. Schade, dass die Nervensäge nicht verpennt hat, dachte Nick in einem Anflug von Gehässigkeit.

Katharina stellte in wenigen Worten das Tagesprogramm vor und vergewisserte sich, dass alle ihre Rucksäcke dabeihatten. „Bedenken Sie bitte, dass wir heute Abend in den Nationalpark aufbrechen und dort übernachten!“, mahnte sie.

Alle bestätigten, dass sie nichts vergessen hätten. Korte versuchte, alle Gegenstände aufzulisten, die er mitgenommen hatte. Katharina unterbrach ihn sanft, aber bestimmt, und so konnte es losgehen.

Kurz darauf wurden sie – wie die anderen Reisegruppen von der Fantasy auch – mit kleinen Schiffen nach La Romana übergesetzt. Dort wartete bereits Esteban mit einem Bus auf sie und brachte sie zu ihrem ersten Ziel des Tages.

„Wir erreichen gleich das Dorf *Altos de Chavón,* das 1976 von Künstlern und Architekten im Stil eines Bergdorfs des 16. Jahrhunderts errichtet wurde“, verkündete Katharina, die auf dem Beifahrersitz saß, über ein Mikrofon. „Dieser Ort wird auch Sie verzaubern – dort hat schon der ja leider inzwischen verstorbene Popstar Michael Jackson geheiratet! Das Dorf gehört zu einem riesigen Hotelkomplex namens Casa de Campo, der seinen Gästen 300 Zimmer und 150 Villen, zehn internationale Restaurants, Diskotheken, Schönheitssalons, Schießstände, Pferde, drei Golfplätze, einen Jachthafen und einen Flugplatz bietet. Die Hotelanlage ist so groß, dass sich die Gäste in privaten Wägelchen fortbewegen. Zu diesen Gästen gehören Popstars wie Madonna oder

Gloria Estefan sowie berühmte Politiker wie der frühere US-Präsident Bill Clinton."

Der Kleinbus rumpelte über eine steile Straße und bog auf einen Parkplatz ein. Die Gruppe ließ das Gepäck im Bus zurück und ging zu Fuß in das Dorf.

„Hier gibt es auch eine Hochschule, wo grafisches Design, Mode, Architektur und Illustration unterrichtet werden", erläuterte Katharina unterwegs.

„An diesem Ort würde ich auch gern zur Schule gehen!", sagte Nick zu Luca und Fenja.

„Ich auch!", rief das Mädchen, das natürlich seinen Zeichenblock dabeihatte.

Die drei fühlten sich in der Zeit zurückversetzt. Die Häuser dieses Dorfes waren aus groben Steinquadern errichtet worden. Verwinkelte Gässchen führten zu malerischen Plätzen, auf denen sich mittelalterliche Ziehbrunnen befanden. Es gab Kunstgalerien, eine Dorfkirche namens San Estanislao und ein Amphitheater, das 5000 Menschen Platz bot. Am meisten beeindruckte Nick aber die Aussicht von der Terrasse eines Restaurants. Er blickte über einen steilen, von Palmen bestandenen Hang hinunter auf den Fluss Chavón. Dort schipperten Raddampfer und Jachten vorbei. Allein wegen dieser Aussicht hätte sich der Ausflug gelohnt, dachte Nick begeistert.

Er schlenderte ein Stück auf der Terrasse entlang und

traf auf Esteban, der ebenfalls auf den Fluss hinunterblickte. „Was für eine Aussicht!“, sagte Nick, der sich ein wenig wunderte, dass der Reiseleiter nicht bei dem wissbegierigen Korte und den anderen war.

Doch Esteban antwortete nicht.

„Esteban?“

Der Mann rührte sich keinen Millimeter.

Nick bekam eine Gänsehaut. Irgendetwas stimmte hier nicht. Er tippte dem Reiseleiter vorsichtig auf die Schulter.

Esteban zuckte zusammen. Er wandte den Kopf abrupt in Nicks Richtung – und der Junge machte unwillkürlich einen Schritt zurück. In Estebans Augen lag ein seltsamer Glanz.

„Spürst du das auch?“, wollte er von Nick wissen.

Der Junge machte noch einen Schritt zurück. „Was?“, fragte er leise.

Estebans Mundwinkel begannen zu zucken. „Das Wasser …“

„Das Wasser?“

„Ja, die Kraft des Wassers, die Kraft von *Agwe*. Er ist ganz nah …“

„Agwe, der Gott des Wassers“, sagte Nick tonlos. Nur zu gut erinnerte er sich an ihre Recherchen zum Thema Voodoo im Internet!

„Richtig“, sagte Esteban. Er trat dichter an Nick heran. „Mich wundert nur, dass du von Agwe gehört hast. Diese Welt ist voller Reize, aber auch voller Gefahren, wenn man ihre Gesetze nicht kennt …“

„Sicher“, sagte Nick schnell und ergänzte erleichtert: „Ah, da kommen Fenja und Luca!“

Die beiden gesellten sich zu ihnen. Esteban wechselte das Thema und berichtete, wie das Amphitheater einst von der Musiklegende Frank Sinatra eingeweiht worden war.

Doch Nick hörte kaum hin. Der Junge hing seinen Gedanken nach. Offenbar kannte sich Esteban gut mit Voodoo aus. Und er hatte Bedenken, das Voodoo-Land zu besuchen. Gab es da etwa einen Zusammenhang, konnte es sein, dass es Esteban war, der den Ausflug verhindern wollte? Steckte etwa er hinter dem Voodoo-Zauber an Bord?

Nein, dachte Nick, Esteban ist doch überhaupt nicht auf der Fantasy gewesen. Wir hätten ihn ganz bestimmt gesehen!

Aber je länger Nick darüber nachdachte, desto mehr Zweifel kamen ihm. Auf der Fantasy waren, rechnete man Passagiere und Crew zusammen, rund 6000 Menschen. Man konnte sich auf diesem gewaltigen Schiff wunderbar aus dem Weg gehen, wenn man es darauf anlegte …

„Nick, kommst du?“, hörte er Luca rufen.

Der Junge schreckte aus seinen Gedanken hoch. „Ja, äh, klar."

Sie stromerten noch eine Weile durch das schöne Dorf. Dabei erzählte Nick den beiden anderen von seinem merkwürdigen Gespräch mit Esteban. Fenja und Luca waren ebenso irritiert wie er selbst.

Dann trommelten Katharina und Esteban die Gruppe zusammen. Mit dem Bus ging es ein kurzes Stück weiter nach Bayahibe.

Und hier erwartete die Gruppe wie versprochen ein einmaliger Strand.

„Das … das glaube ich nicht!", stammelte Nick begeistert, als er zusammen mit den anderen vor dem Bus stand. Vor ihnen erstreckte sich ein breiter Streifen aus feinem, weißem Sand. Bunte Sonnenschirme und Fischerboote sorgten für Farbtupfer. Das Meer glitzerte türkisblau. Schlanke Palmen wiegten sich in einer warmen, kräftigen Brise und spendeten Schatten über quietschbunten Holzhäusern, wo man Schnorchelausrüstungen und Surfbretter ausleihen konnte. Auch eiskalte Getränke und Tickets für Bootstouren zu der nahe gelegenen *Isla Saona* wurden dort angeboten, wie Nick einer Werbetafel entnahm.

„Wenn Sie nichts dagegen haben, machen wir hier einen einstündigen Badestopp!", rief Katharina der Gruppe lachend zu.

Natürlich waren alle einverstanden – alle bis auf Korte, der, wie er lauthals verkündete, lieber den Ort erkunden würde.

„Das machen wir nachher auch noch“, sagte die Reiseleiterin zu ihm und ergänzte leise in Richtung der Freunde: „Da gibt’s nicht viel zu sehen, außer dem Friedhof vielleicht.“

Nick sah sie erstaunt an. „Wir besuchen hier einen Friedhof?“

„Ja“, erwiderte Katharina. „Dort gibt es ein paar interessante Gräber. Ich habe sie bei meinem letzten Besuch vor zwei Jahren entdeckt. Lass dich überraschen.“

„Wie du meinst“, sagte Nick und kramte wie Luca und Fenja seine Badeklamotten hervor. Dann stürzten sie sich in das herrlich warme Wasser. Eine halbe Stunde lang tobten sie im *Karibischen Meer*. Anschließend relaxten sie am Strand, ließen sich kalte Obstsäfte schmecken und schauten den Windsurfern zu.

„Hier könnte ich es noch länger aushalten“, sagte Luca.

Nick warf einen Blick auf seine Armbanduhr. „Schon zwei Uhr, dann geht’s leider gleich weiter – zu einem Friedhof …“

Plötzlich waren die düsteren Gedanken wieder da. *Baron Samdi*, der Herr des Todes … Nick schüttelte sich, als könne er diese Gedanken so loswerden. Aber es gelang ihm nicht.

Um halb drei wanderten Katharina und Esteban mit der Gruppe durch den verträumten Ort, eine Ansammlung von hübschen einfachen Holzhütten. Die Bewohner schienen überwiegend vom Tourismus zu leben. Vor fast jedem Haus gab es etwas zu kaufen – vor allem Getränke, Snacks und Souvenirs.

Sie gelangten zum Friedhof, der von einem weißen Holzzaun umschlossen wurde.

Neben dem Eingang stand eine etwas windschiefe, zweigeschossige Hütte mit einer Veranda, auf der eine Satellitenschüssel montiert worden war. Drei Hühner gackerten in einem Verschlag aus Draht und ein struppiger Köter döste im Schatten und hob gelangweilt ein Ohr, als die Touristen auf das Haus zusteuerten. Zwischen zwei Palmen neben der Hütte war eine Hängematte gespannt.

„Diese Bude gehört einem etwas schrägen Typ namens Anibal“, sagte Katharina leise zu den Freunden. „Er ist der Totengräber von Bayahibe. Im Dorf nennt man ihn nur El Loco.“

„El Loco?“, fragte Nick. Seine Spanischkenntnisse reichten aus, um zu wissen, dass der Name „der Verrückte“ bedeutete.

Die Reiseleiterin grinste. „Ja, vielleicht lernst du ihn

gleich kennen. Dann weißt du, warum man ihn so nennt …“

Unvermittelt tauchte ein Kopf aus der Hängematte auf.

„Bitte sehr, da ist er schon“, sagte Katharina. Sie hob die Hand und winkte Anibal zu.

El Loco wand sich katzengleich aus der Hängematte und kam zu ihnen. Der knapp 1,80 Meter große, spindeldürre Mann war barfuß, trug giftgrüne Shorts, ein knallgelbes T-Shirt und auf den schwarzen, lockigen Haaren eine rote Kappe. Seine Haut war dunkelbraun und sein Gesicht gehörte zu denen, die man nicht so schnell vergisst. Nick fühlte sich spontan an einen Frosch erinnert. El Locos Nase war kurz und platt und der Mund mit den wulstigen Lippen ungewöhnlich breit. Seine Augen traten weit aus dem Kopf. Nick fiel es schwer, Anibals Alter zu schätzen – der Mann mochte zwischen 30 und 45 Jahren alt sein. Nun erschien ein Lächeln auf dem Gesicht des Totengräbers und Nick ahnte, dass der Mann Katharina wiedererkannt hatte. Er wechselte ein paar Worte mit der Reiseleiterin, doch die beiden redeten so leise, dass Nick nichts mitbekam.

Dann winkte El Loco die Gruppe durch das Törchen auf den Friedhof.

„Er wird uns nun zu vier besonderen Gräbern führen“, kündigte Katharina geheimnisvoll an.

„Na, da bin ich ja mal gespannt. Welcher Prominente soll hier schon beerdigt sein?“, meckerte Korte.

Unvermittelt blieb El Loco stehen. „Nicht nur Prominente sind interessante Menschen“, erwiderte er.

„So habe ich das doch nicht gemeint“, sagte Korte schnell, aber niemand schenkte ihm Beachtung.

„El Loco spricht aber gut Deutsch“, sagte Nick zu Katharina, während sie weitergingen.

„Das kannst du laut sagen“, entgegnete die Reiseleiterin. „Anibal war früher selbst Reiseleiter in Santo Domingo. Doch dann wurde ihm der Job zu anstrengend. Seine jetzigen Kunden sind sicher ruhiger als gewisse Touristen …“

Nick musste grinsen. Er musterte die Gräber. Die meisten waren sehr einfach – schlichte weiße Kreuze mit einer Aufschrift und etwas Blumenschmuck. Sein Blick fiel auf eine leere Grube im Schatten eines Baumes. Die Erde glänzte leicht. Das Grab sah so aus, als wäre es gerade erst ausgehoben worden.

„Oh, wird heute noch jemand beerdigt?“, fragte er Anibal.

Die Glupschaugen des Totengräbers wanderten unruhig hin und her. „*No*, ich muss nur ab und zu mal einen umbetten“, sagte er.

„Sie haben vorhin einen Toten ausgegraben?“

Der Mann schenkte ihm ein so irres Lächeln, dass

Nick plötzlich sonnenklar war, wie El Loco zu seinem Spitznamen gekommen war.

„Ja, warum auch nicht? Ist doch mein Job.“ Anibal spuckte in hohem Bogen ins Gebüsch. „Der Sarg war schon verfault, der Tote aber nicht, jedenfalls nicht die Knochen. Hab sie wieder eingebuddelt.“ Er verlangsamte seine Schritte und deutete auf vier schmale Gräber. Auf Steinplatten waren kaum leserliche Namen eingeritzt. „So, da wären wir“, sagte er. „Die vier Engländer.“

Die Gruppe bildete einen Halbkreis um Katharina und Esteban.

„Es handelt sich um die Gräber von vier Seeräubern“, erläuterte die Reiseleiterin. „Sie gehörten mit ziemlicher Sicherheit zur Mannschaft von Sir Francis Drake. Denn sie haben ...“

„Woher wollen Sie das wissen?“, unterbrach Korte sie.

Katharina schmunzelte. „Wenn Sie mich hätten ausreden lassen, dann wüssten Sie dies bereits.“

Korte verschränkte abwartend die Arme vor der Brust.

„Durch die Inschriften auf den Gräbern ist belegt, dass die Männer aus England stammen und alle zwischen 1586 und 1599 starben. Sie waren also Zeitgenossen von Drake, der ja im Januar 1586 Santo Domingo plünderte. Außer Drakes Männern waren zu diesem Zeitpunkt keine weiteren Engländer auf Hispaniola."

„Aber warum segelten die vier nicht mit Drake zurück in ihre Heimat?", warf Korte ein.

„Gute Frage", erwiderte die Reiseleiterin.

El Loco schielte Korte mit seinen hervorquellenden Augen an und setzte wieder sein irres Grinsen auf. „Vielleicht, weil es in England ständig regnet. Und bei uns scheint fast immer die Sonne. Die Engländer haben wahrscheinlich einfach erkannt, wo es schöner ist – nämlich hier."

Korte brummelte irgendetwas vor sich hin, was niemand verstand.

Dann liefen sie wieder zurück und kamen dabei erneut an der Grube vorbei, die Nick vorhin aufgefallen war. Nick, der als Letzter ging, streifte sie mit einem Blick – und erstarrte. Am Boden des länglichen Lochs bewegte sich etwas!

Nick blieb stehen und starrte ungläubig in die Grube. Auf seiner Stirn bildete sich Schweiß, was ganz sicher nicht an der Hitze lag, die über dem Friedhof brütete …

IM VOODOO-LAND

„Wo bleibst du denn, Nick?“, rief Fenja ungeduldig.

Doch ihr Bruder antwortete nicht. Stumm deutete er auf die Grube.

Fenja lief zu ihm zurück.

„Da krabbelt irgendetwas. Vielleicht ein …“

„Vielleicht was? Ich sehe nichts!“

„… ein Finger!“, erwiderte Nick und Fenja entging nicht, dass in seiner Stimme Panik mitklang.

Fenja schaute genauer hin. Dann musste sie lachen. „Das ist doch nur eine kleine Schlange! Mann, manchmal möchte ich wirklich über deine Fantasie verfügen.“ Sie zog ihren Zwillingsbruder mit sich.

„Es sah wirklich so aus“, verteidigte er sich etwas

lahm. „Und sag bloß Luca nichts, okay? Der lacht mich nur aus.“

„Keine Bange“, versprach Fenja.

Die Gruppe versammelte sich am Bus, und Esteban verteilte Zweierzelte an die Touristen. Nick und Fenja bekamen ebenso eins wie Luca und Katharina. Inzwischen war es fast fünf Uhr.

„Die Zelte wiegen nur zweieinhalb Kilo, das Tragen dürfte also kein Problem sein“, sagte Esteban, der selbst einen weitaus größeren Rucksack als die anderen trug.

„Und was ist mit dem Proviant?“, fragte Korte, der nun eine signalrote Kappe mit Nackenschutz auf dem Kopf hatte.

„Keine Sorge, auch daran haben wir gedacht. Am Eingang zum Nationalpark erwarten uns zwei nette junge Männer, die den Proviant tragen werden“, sagte Katharina.

Nachdem sie am grünen Kassenhäuschen des Parks das Eintrittsgeld entrichtet hatten, gingen sie gemeinsam mit den beiden Trägern auf einem schmalen Weg in das Naturschutzgebiet hinein.

Fenja schaute sich neugierig um. Bäume und hohe Sträucher bildeten ein grünes Dach, durch welches die Sonne vereinzelte Streifen aus gleißendem Licht schickte. Es war dampfig warm. Überall raschelte es im

Unterholz und Laute von unsichtbaren Tieren waren zu hören: ein aufgeregtes Keckern, ein melodiöses Pfeifen und ein schrilles Kreischen, das durch Mark und Bein ging.

„He, da wachsen ja sogar Weintrauben!“, rief Fenja, als ihr Blick auf einen Ast fiel, an dem dunkelrote Früchte hingen.

„Da liegst du gar nicht so falsch“, erwiderte Esteban lachend. „Das ist ein *Meertraubenbaum*. Er wird bis zu 15 Meter hoch. Die Früchte verarbeiten wir zu Marmelade und tatsächlich auch zu Wein. Aus dem Holz stellen wir Möbel her. Da vorn siehst du übrigens eine *Kokospalme*.“

Fenja nickte. „Die kenne ich.“ Schließlich hatte sie schon Dutzende am Strand gesehen.

„Das dachte ich mir“, erwiderte Esteban. „Aber hast du auch gewusst, dass wir Dominikaner diese Palmen die Bäume des Himmels nennen?“

„Nein“, gab das Mädchen zu.

„Ihre Früchte liefern uns Nahrung und Getränke, ihr Holz dient als Baumaterial für Hütten und ihre Blätter als Dachbedeckung. Aus den Fasern flechten wir Hauswände, Körbe und Matten, und die trockenen Kokosnussschalen benutzen wir als Brennmaterial. Du siehst: Die Kokospalme ist ein ungemein wichtiger Nutzbaum für uns – unser Baum des Himmels.“

„Verstehe, es wird wirklich jeder Teil des Baums genutzt“, sagte Fenja beeindruckt.

Eine Weile gingen sie schweigend weiter. Der Weg war zwar eben, jedoch teilweise feucht und dadurch tückisch glatt. Esteban erklärte ihnen, dass es hier hin und wieder heftig regnete. Offenbar war erst vor Kurzem ein starker Schauer niedergegangen. Zudem bildeten armdicke Wurzeln Stolperfallen. Mehr als einmal hörte Fenja den klugen Herrn Korte böse fluchen, was ein Lächeln auf ihr Gesicht zauberte.

Plötzlich wurden die Augen des Mädchens groß. Auf einem Stein unter einem Busch, beschienen von einem der wenigen Sonnenstrahlen, saß eine anderthalb Meter große, graue und teils leicht grünlich schimmernde Echse mit zwei kleinen Hörnern auf der Nase.

Abrupt hielt Fenja an. „Was ist das für ein Tier?“, fragte sie Esteban leise und deutete auf die Echse.

„Ein *Nashornleguan*“, sagte er im Flüsterton.

Rasch gab Fenja Luca ein Zeichen und deutete auf seine Kamera.

Und während Luca in Windeseile das Teleobjektiv aufschraubte und das Tier ins Visier nahm, erläuterte Esteban: „Diese Echse ist die größte in unserem Land. Leider ist sie vom Aussterben bedroht – ihr Fleisch schmeckt ziemlich gut. Doch zum Glück erholt sich der Bestand hier im Park allmählich.“

„Wonach schmeckt das Fleisch denn?“, fragte Korte so laut, dass die Echse im Unterholz verschwand.

Fenja verdrehte die Augen. Dann fragte sie Luca: „Hat wenigstens eine Aufnahme geklappt?“

Stolz deutete Luca auf den kleinen Monitor auf der Rückseite seiner Kamera: „Bitte sehr!“

Das Mädchen schaute sich das Foto an. „Super!“, urteilte es erleichtert. Wer wusste schon, ob sie noch mal ein solches Prachtexemplar von einer Echse zu sehen bekommen würden.

Esteban führte sie tiefer und tiefer in den Dschungel hinein und zeigte der Gruppe immer wieder besonders schöne einheimische Tierarten. Unter anderem sahen sie eine bunte *Blaukronenamazone* und über einer Lichtung eine Gruppe von *Rotfußtölpeln*.

„Ein interessanter Vogel“, meldete sich Korte zu Wort. „Diese Art hat spezielle Zehen entwickelt und kann sich deshalb trotz ihrer Schwimmhäute an Ästen festkrallen. Sein lateinischer Name lautet Sula Sula.“

„Sula Sula? Er ist wirklich ein Schlaumeier, unser lieber Dr. Korte“, wisperte Fenja den Jungs zu.

Esteban ging schmunzelnd weiter. Obwohl der Marsch nicht anstrengend war, brach allen der Schweiß aus. Es war drückend schwül. Die Natur schien regelrecht zu dampfen. Immer wieder wurden sie von Mückenschwärmen attackiert.

Nach einer Stunde machten sie auf einer anderen Lichtung eine kurze Rast, um etwas zu trinken.

Katharina versammelte die Gruppe in einem Halbkreis um sich. „Wir werden bald den Platz erreichen, wo wir die Zelte aufschlagen", sagte sie. „Bei Einbruch der Dunkelheit werden wir Ihnen die Voodoo-Show präsentieren, die ich Ihnen schon am Info-Abend angekündigt habe. Sie werden begeistert sein!"

Na ja, ich weiß nicht, dachte Fenja. Nach allem, was auf der Fantasy vorgefallen war, hatte sie keine große Lust auf diese Show. Bei den anderen gab es allgemeine Zustimmung. Nur zwei fielen aus der Reihe, wie das Mädchen bemerkte. Zum einen Esteban, der mit verschlossenem Gesicht aus dem Halbkreis trat und sich, ohne etwas zu sagen, etwas von der Gruppe absonderte. Und der andere war, was Fenja nicht sonderlich überraschte, Dr. Korte.

„Nun, ich hoffe doch, dass sich Ihre Darsteller an die Regeln des Voodoo halten", sagte er schneidend. „Voodoo ist schließlich kein billiger Mummenschanz, sondern eine ernst zu nehmende Religion."

„Was Sie nicht sagen", erwiderte Katharina freundlich, um im selben Atemzug zu versichern: „Natürlich ist diese Show so exakt wie möglich. Die Schauspieler werden einen *Hungan* und *Hunsis* verkörpern."

„Huhn – was?", fragte Fenja nach.

Bevor Katharina antworten konnte, sagte Korte: „Ein Hungan ist ein Voodoo-Priester, Hunsis sind seine Gehilfen.“

Dann stellte er einige Fragen an Katharina – und nun überraschte er Fenja doch. Korte schien sich bestens mit Voodoo-Ritualen auszukennen. Er kannte nicht nur die Bezeichnungen für bestimmte Trommeln, die für die Tänze gebraucht wurden, sondern auch die Namen verschiedener Götter.

Fenja tauschte Blicke mit Nick und Luca. Dieser Korte war wissenstechnisch eine echte Wundertüte. Schade nur, dass er eine solche Nervensäge war.

Fenja merkte, dass Katharina Hilfe suchend nach Esteban Ausschau hielt, aber ihr Kollege war nirgends zu sehen. Komisch, dachte das Mädchen. Während die anderen noch pausierten, schaute es sich auf der Lichtung um. Wo war Esteban?

Unschlüssig ging Fenja einen Weg entlang, der sich ins Dickicht wand. Nach wenigen Metern verschluckten Büsche und Bäume sie und die Lichtung war nicht mehr zu sehen. Etwas raschelte zu ihren Füßen und Fenja sah eine Ratte in ein Loch huschen. Das Mädchen blieb stehen und überlegte, ob es umdrehen sollte.

Doch da drang eine leise Stimme an Fenjas Ohr, ein monotoner Singsang. Das Mädchen spürte einen Schauder, ging aber weiter. Der seltsame Gesang wurde lauter und mit einem Mal entdeckte Fenja eine männliche Gestalt, die in etwa zehn Metern Entfernung etwas abseits vom Pfad vor einem Baumstumpf kniete. Vorsichtig kam Fenja näher und erkannte, dass es Esteban war. Er wiegte seinen Oberkörper langsam hin und her und murmelte immer wieder Worte in einer Sprache, die Fenja nicht verstand. Es klang wie eine Beschwörung. Was machte Esteban da? Betete er?

Fenja überlegte, ob sie sich bemerkbar machen sollte. Doch sie zögerte, weil sie den Reiseleiter nicht stören wollte.

Nun beugte Esteban sich zu einem kleinen Gegenstand hinunter, der auf dem Baumstumpf lag. Es sah so aus, als verneige er sich davor. Was war das für ein Gegenstand? Fenjas Neugier war einfach zu groß. Also verließ sie den Weg und schlich geräuschlos durchs Unterholz, um noch dichter heranzukommen. Die großen Blätter eines Farns nahmen ihr die Sicht auf Esteban. Behutsam bog sie die Blätter auseinander.

Nichts. Der Reiseleiter war verschwunden!

Da legte sich eine Hand auf Fenjas Schulter und ihr gefror das Blut in den Adern.

„Suchst du mich?“

Fenja schoss herum und erblickte Esteban, der urplötzlich hinter ihr aufgetaucht war. Sein Gesicht war eine starre Maske.

„Ja, äh, n-n-n-ein, wollte ich sagen“, stotterte Fenja und versuchte, sich ein Lächeln abzuringen.

Esteban lächelte nicht. „Ich mag es nicht, wenn man mir hinterherspioniert“, sagte er kalt.

„Ich wollte …“ Das Mädchen suchte nach Worten, doch Esteban hob die Hand und gebot ihr damit zu schweigen.

„Du wolltest wissen, was ich hier tue, oder?“

Fenja nickte stumm.

Esteban öffnete seine rechte Faust. Darin lag ein Zahn. „Das ist ein *Makandal*“, sagte der Reiseleiter, „ein Ding, das Schadenzauber abwehren kann.“ Er hielt Fenja den Zahn unter die Nase und sie wich einen Schritt zurück. „Es ist der Zahn eines Krokodils. Er wurde von einem Priester geweiht, nachdem er in eine spezielle Flüssigkeit getaucht wurde …“

„Welche Flüssigkeit?“

„Einige Tropfen von der Galle einer Ziege, das Blut einer bei Vollmond getöteten Schildkröte, einige Tropfen Rattenblut und 20 Gramm Alligatorenfleisch“, listete Esteban auf.

Fenja drehte sich fast der Magen um. „Und das hilft gegen Schaden jeder Art?“

„Man muss daran glauben, dann wirkt es“, erwiderte der Reiseleiter. Seine Hand schloss sich um den Talisman und verbarg ihn wie einen Schatz. „Ich spreche regelmäßig mit meinem Makandal – und bisher hat es mich gut beschützt."

Fenja verkniff sich die Frage, wovor sich Esteban hier im Nationalpark eigentlich fürchtete. „Wir sollten zurückgehen", schlug sie stattdessen vor. „Katharina wird sich sonst Sorgen machen."

„Gute Idee", sagte Esteban und schaute Fenja kurz und fest in die Augen.

Es war ein merkwürdiger Blick; Fenja kam es fast so vor, als schaue der Mann direkt in ihr Herz. Sie beeilte sich, auf den Weg zurückzukehren, und erreichte kurz darauf zusammen mit dem Reiseleiter die anderen, die bereits wieder marschbereit waren.

Nach einer weiteren Stunde auf schmalen Pfaden gelangten sie zu dem Platz, der als Nachtlager auserkoren worden war. Unterwegs hatte Fenja Nick und Luca von ihrem unheimlichen Treffen mit Esteban berichtet. Beide hatten nicht gewusst, wie sie die Sache einordnen sollten.

Der Platz war eine baumlose Wiese, umstanden von Büschen. Während die beiden Träger den Proviant abluden und Kleinholz fürs Feuer sammelten, bauten die anderen mit mehr oder weniger Geschick ihre Zelte auf. Die Stimmung war bestens.

Fenja und Nick hatten ihren Platz neben Korte, der als Einziger allein im Zelt schlafen würde. Das lag zum einen an der ungeraden Zahl der Tourteilnehmer, zum anderen aber auch daran, dass sich die Pärchen schnell gefunden hatten und Korte irgendwie übrig geblieben war. Fenja und Nick brauchten keine halbe Stunde, bis ihr Zelt stand. Man konnte nur kriechend hinein. Drinnen war es so eng, dass sich die Isomatten, die ihnen als Schlafunterlagen dienten, seitlich berührten.

Fenja hockte sich vor ihr neues Zuhause und schaute den anderen zu. Luca und Katharina waren ebenfalls schon fertig. Die Träger entzündeten gerade das Feuerholz. Grauweißer Rauch stieg auf.

Von der Seite kamen Flüche und Fenja drehte den Kopf.

Korte war nicht zu sehen, dafür aber ein Zelt auf zwei Beinen. Korte musste in das Zelt hineingekrochen sein, um sich dann, aus welchen Gründen auch immer, darin aufzurichten.

Fenja prustete los und gab Nick ein Zeichen, damit er das Schauspiel nicht verpasste.

Nun stolperte Korte über seinen Rucksack und stürzte zu Boden. Der Rucksack fiel um, und ein paar Sachen, darunter ein Kulturbeutel und eine Spraydose, rollten heraus.

„Verdammter Mist!“, kam es gedämpft aus dem Zelt.

Seufzend stand Fenja auf und rettete Korte aus dem Gewirr von Zeltbahnen, Stangen und Schnüren.

„Ich weiß sehr wohl, wie man ein Zelt aufbaut, aber trotzdem schönen Dank“, knurrte er, nachdem Fenja ihn befreit hatte.

„Ach ja?“

„Ja!“, antwortete er gereizt und wischte sich den Schweiß von der Stirn. „Zeltaufbauen ist doch ganz einfach. Das Problem sind die falschen Aufbauanleitungen. Ich werde mich beim Hersteller beschweren.“

„Natürlich“, erwiderte Fenja so sanft, als spräche sie mit einem Irren.

Korte überhörte die Ironie und machte sich wieder an die Arbeit.

„Soll ich Ihnen helfen?“, fragte Fenja.

„Nein danke, ich habe alles im Griff.“

Oder auch nicht, dachte Fenja böse und ging. Dabei wäre auch sie fast über den Rucksack gestolpert. Sie hob ihn hoch und stellte ihn neben Kortes Zelt, oder was immer es werden würde. Korte kämpfte gerade mit den Zeltstangen und beachtete sie nicht. Dann klaubte sie die Spraydose – es handelte sich um ein Mittel gegen Mücken – und den Kulturbeutel vom Boden, um sie oben in den offenen Rucksack zu legen.

Aber was war das? Fenja erschrak. Unter einem T-Shirt ragte ein rundes Metallstück hervor. Sie warf einen schnellen Blick über die Schulter. Korte war noch immer vollends mit seinen Bastelarbeiten beschäftigt.

Mit spitzen Fingern zupfte Fenja das Shirt beiseite. Und tatsächlich: Da war eine Pistole! Was wollte ausgerechnet Korte, dieser Schlauschwätzer, mit einer Schusswaffe? Waren seine Waffen nicht das Wort und seine scheinbar allumfassende Bildung?

„Geh da weg!“, hörte Fenja den Mann rufen. Ihr wurde heiß, Korte hatte sie ertappt!

„An meinen Sachen hast du nichts verloren!“, blaffte er sie an und eilte herbei, eine Zeltstange in der Hand. „Wolltest du etwa etwas ...?“

Fenja wurde sauer. „Nein, ich wollte ganz sicher nichts stehlen, wenn Sie das meinen! Ich habe nur die Sachen, die aus Ihrem Rucksack gefallen sind, wieder an ihren Platz gelegt. Und dabei habe ich zufällig gesehen, dass Sie ...“ Das Mädchen zögerte einen Moment.

Kortes Augen wurden schmal. „Was hast du gesehen?“

„Eine Pistole!“

Aus Kortes Augen sprühten Funken. „So? Na und? Hier gibt’s jede Menge wilder Tiere. Da muss man sich doch wehren können! Und nun verschwinde!“, zischte er aggressiv.

Wortlos drehte sich Fenja um und ging zu Nick und Luca, die am Lagerfeuer saßen und sich unterhielten. Fenja gesellte sich dazu und erzählte ihnen von ihrer Entdeckung.

„Was, der Typ hat eine Waffe dabei?“, entfuhr es Nick.

„Ja, angeblich wegen der vielen Raubtiere“, entgegnete Fenja. „Kommt, das überprüfen wir. Lasst uns Esteban fragen.“

Die Jungen folgten ihr.

„Nein, gefährliche Tiere haben wir im Park nicht“, sagte der Reiseleiter lachend. „Zwar gibt’s hier einige Schlangenarten, aber die sind alle ganz harmlos.“

„Korte hat eine Schusswaffe dabei“, sagte Fenja.

Estebans Stirn bewölkte sich. „Das gefällt mir nicht“, sagte er düster. „Aber leider ist der Besitz einer Waffe in meinem Land nichts Ungewöhnliches. Ich kann sie ihm nicht wegnehmen. Zudem glaube ich, dass Dr. Korte ein besonnener Mann ist.“

Sobald sie wieder unter sich waren, sagte Fenja leise zu Nick und Luca: „Wenn alle Tiere im Park so harmlos sind, stellt sich wirklich die Frage, was Korte mit der Waffe vorhat. Korte weiß doch immer alles – also hätte er auch wissen müssen, dass es hier keine gefährlichen Tiere gibt.“

„Vielleicht ist er gar nicht der harmlose Schlaumeier …“, grübelte Nick laut.

„Und vergesst nicht, dass er sich bestens mit Voodoo auskennt“, ergänzte Luca.

Fenja nickte. „Außerdem war Korte an Bord, als jemand das böse Spiel mit Katharina spielte …“

„Du meinst, dass Korte hinter dem ganzen Terror stecken könnte?“, sagte Nick atemlos.

Fenja hob die Schultern und ließ sie langsam wieder sinken. „Ich bin mir nicht sicher – welchen Grund sollte Korte haben?“

Das Gespräch verstummte.

Fenja hing ihren Gedanken nach. Dabei fiel ihr Esteban ein: das Makandal, seine seltsamen Blicke und Nicks Erzählung von seinem Gespräch mit ihm. Auch Estebans Rolle in diesem Stück war noch nicht ganz geklärt …

Als die Dämmerung in den Nationalpark kroch, wurde am Lagerfeuer gekocht. Nach wie vor war die Stimmung blendend. Es gab Maisfladen und eine kräftige Suppe. Auf einem provisorischen Grill, nicht mehr als ein Rost über zwei Steinen, wurden Fleisch und Gemüse zubereitet. Allen schmeckte das einfache Mahl wunderbar, sogar Korte hatte nichts zu meckern.

Dann nahte der Höhepunkt des Abends. Katharina sorgte dafür, dass die Gruppe erneut einen Halbkreis bildete, diesmal um die Feuerstelle. Der freie Platz auf der anderen Seite sollte die Bühne sein.

Gebannt starrte Fenja, die zwischen Katharina und

Korte stand, nach vorn – aber dort war absolut nichts zu sehen. Dafür drang ein Trommeln an ihre Ohren, das langsam näher kam. Offenbar waren der Priester und seine Gehilfen schon auf dem Weg zu ihnen. Fenja ließ die Blicke schweifen und stellte überrascht fest, dass einer aus der Gruppe fehlte: Esteban!

Sie wollte gerade Katharina nach ihm fragen, als vier Männer aus dem Gebüsch hervorbrachen. Einige im Publikum schrien unterdrückt auf, als die Furcht einflößenden Männer, die alle barfuß waren, ins Licht des Feuers traten.

Der Erste war ein schlaksiger Hüne, der am prächtigsten gekleidet war. Er trug einen schillernd grünen Umhang und zahllose Ketten mit Muscheln und bunten Steinen. Um seine kräftigen Oberarmmuskeln waren gelbe und rote Bänder geflochten, die mit Federn verziert waren. In der linken Hand hatte er eine Rassel aus Holz.

„Das ist die *Asson*“, erfuhren Fenja und alle anderen von Korte. „Die Rassel des Priesters. Sie ist mit einem feinen Netz voller Perlen und Schlangenwirbel umgeben.“

Mehr noch als diese Rassel erweckte der fantasievolle Hut des Manns Fenjas Aufmerksamkeit. Er glich einem verbeulten Zylinder in den Farben Rot, Gelb und Grün.

Fenja war überzeugt, dass der Mann mit dem bunten Zylinder der Hungan war. Denn die Männer unmittelbar rechts und links von ihm, die Rucksäcke und Trommeln dabeihatten und sich nun auf den Boden setzten, waren weitaus weniger auffällig gekleidet. Sie trugen dunkle Hosen und T-Shirts. Ihr einziger Schmuck waren ebenfalls mit Perlenschnüren verzierte Gürtel.

Der vierte im Bund stand teilnahmslos am Rand, so, als würde er gar nicht dazugehören. Er war mit einem weiten, dunklen Umhang bekleidet und starrte zum Himmel. Fenja sah, dass sich seine Lippen leicht bewegten. Ihr schien es, als würde der Mann beten.

Der Hungan ließ sich von seinen schwarz gekleideten Gehilfen einen Wasserkrug geben und schwenkte ihn in alle vier Himmelsrichtungen, um den Platz zu weihen, wie Korte erklärte. Dabei murmelte er Gebete. Auf ein Zeichen von ihm zogen die Hunsis bunte Flaggen hervor und schwenkten sie wild. Dabei sangen sie. Der vierte Mann blieb nach wie vor unbeteiligt.

Der Hungan hob einen Arm, und der Gesang verstummte. Nun deuteten die Hunsis mit den Flaggen in alle Himmelsrichtungen.

„So werden die Geister in allen Winkeln der Welt begrüßt", erklärte Korte.

Dem Priester wurde eine Schale mit Mehl gereicht. Nachdem der Hungan auch die Schale in alle Himmelsrichtungen gehoben hatte, markierte er mit dem Mehl eine Fläche von etwa zwei mal zwei Metern um sich herum, warf Maiskörner aus und besprenkelte den Boden schließlich mit ein paar Tropfen Rum. In den Ecken des Quadrats entzündeten die Hunsis Kerzen. Immer dann, wenn eine Flamme emporzüngelte, schüttelte der Hungan seine Rassel und reckte die Arme zum Boden.

„Er ruft die Geister“, kam es von Korte.

Parallel begannen die Hunsis, auf die Trommeln zu schlagen. Es war ein langsamer, schwerer Rhythmus, als würden sie ans Tor zum Reich der Geister pochen. Der Hungan rief immer wieder einen bestimmten Namen: *Ogo!*

Fenja erschrak. Diesen Namen hatte sie schon einmal gehört – und zwar, als sie in der Kabine das Thema Voodoo recherchiert hatten. Ogo war doch der Kriegsgott!

Unvermittelt kam Bewegung in den Mann, der die ganze Zeit über so teilnahmslos geblieben war. Er begann zu tanzen, jedoch nicht mit den anderen, sondern allein, als befände er sich an einem ganz anderen Ort.

Einer der beiden Hunsis begann nun, wesentlich schneller zu trommeln, und Fenja, die ja liebend gern Schlagzeug spielte, bewunderte seine Fingerfertigkeit.

Der andere Helfer verschwand aus dem Schein des Feuers und kehrte, wie Fenja entsetzt feststellte, mit

einem toten Huhn zurück. Der Hungan nahm es ihm ab und hielt es ebenfalls mit großen Gesten in alle vier Himmelsrichtungen. Anschließend drückte er den Tänzer auf die Knie und beschmierte dessen Stirn mit dem Blut des Tieres. Der Mann legte den Kopf in den Nacken und stieß einen kehligen Schrei aus, bevor er sich wieder erhob und weitertanzte, jetzt mit schnellen, fließenden Bewegungen.

Unterdessen legte der Priester das tote Tier in die Mitte des Quadrats und streute weiteres Mehl in Form eines gleichschenkligen Kreuzes darüber.

Der zweite Helfer trommelte nun auch wieder mit, es entstand ein jagender, sich überschlagender Rhythmus, der den Tänzer in die Ekstase trieb. Plötzlich griff er in seinen Umhang, zog ein Schwert hervor und begann, damit wild um sich zu schlagen.

„Ogo hat die Macht über ihn!“, rief Korte.

Fenja erschauderte – die Zeremonie war ihr alles andere als geheuer. Sie schaute zu Nick und Luca, die gebannt auf das Schauspiel starrten. Aber auch sie wirkten etwas nervös.

Der Schwerttänzer verließ das Quadrat und kam auf die Gruppe zu.

„Kann man den irgendwie stoppen?“, fragte Fenja Katharina.

„Ich hoffe es. Aber womöglich steht das nur in der

Macht des Hungans. Mach dir mal keine Sorgen: Das ist alles nur Show!“

Na ja, dachte Fenja, diese Show wirkt beeindruckend echt!

Der Tänzer kam einen weiteren Schritt auf sie zu. Zischend ließ er das Schwert über seinem Kopf kreisen.

Plötzlich verstummten die Trommeln. Fenja sah, dass die Musiker sie umdrehten und in die mit Fell bespannten Hohlkörper hineingriffen. Und dann, erkannte das Mädchen mit sprachlosem Entsetzen, hatten die Musiker auf einmal Waffen in den Händen: Buschmesser, deren Klingen im Feuerschein aufblitzten. Der Hungan fasste in das Innere seines schillernden Umhangs und zog einen silbern glänzenden Revolver hervor. Dann stapfte die Voodoo-Gruppe entschlossen auf die Touristen zu.

„Die greifen uns an! Weg hier!“, schrillte Fenjas Stimme.

DER ANGRIFF

Luca rannte kopflos in den Dschungel. Neben ihm waren Nick, Fenja und Katharina. Nach wenigen Metern stoppten sie, verbargen sich in einem Gebüsch und schauten zurück zum Lagerplatz.

Sie sahen, wie sich einige Touristen schreiend in Sicherheit brachten. Doch zwei Männer waren nicht schnell genug. Sie wurden von den Angreifern niedergeschlagen. Anschließend durchwühlten die Mitglieder der Voodoo-Gruppe die Zelte und rissen einige sogar um.

„Was ist denn in die gefahren?“, fragte Luca fassungslos.

„Wenn ich das wüsste“, erwiderte Katharina. „Es ist alles so – so furchtbar. Könnte ich doch nur Hilfe holen!

Aber hier im Park haben Handys keinen Empfang. Und das einzige Funkgerät hat Esteban."

„Esteban?", wiederholte Luca. „Den habe ich vorhin gar nicht gesehen …"

„Stimmt", sagte Fenja. „Er hat sich vor der Show verkrümelt, aus welchen Gründen auch immer."

Schreie gellten über den Platz und Luca hoffte inständig, dass keiner aus der Gruppe ernsthaft verletzt wurde. Dann bellte ein Schuss und Luca duckte sich unwillkürlich dichter auf den Boden. Hinter seiner Stirn rasten die Gedanken. Warum wurden sie angegriffen? Hatte die Attacke etwas mit den Vorfällen auf der Fantasy zu tun? Und wo war Esteban?

Kurz darauf sprangen die unheimlichen Gestalten vom Platz und schlugen sich ebenfalls in die Büsche. Eine gespenstische Stille kehrte ein. Erst nach einigen Minuten wagten sich Luca und die anderen aus ihrem Versteck.

Der Zeltplatz war verwüstet. Überall lagen Ausrüstungsgegenstände herum: Kocher, Geschirr, Matten, Wanderschuhe, Rucksäcke.

Die Reiseleiterin blickte sich verzweifelt um.

„Warum?", murmelte sie. „Warum tut jemand so etwas?"

Luca entdeckte einen benommenen Mann am Boden. Gemeinsam halfen sie ihm auf. Er hatte einen Schlag aufs Kinn abbekommen, war aber nicht ernsthaft verletzt. Der andere Mann, den die Voodoo-Gruppe erwischt hatte, hatte eine Schnittwunde am Unterarm, die aber nur oberflächlich war. Katharina legte ihm einen Verband an.

Nun kamen aus dem umliegenden Wald weitere Mitglieder der Gruppe. Stumm und mit bleichen Gesichtern traten sie ans Feuer.

Luca ließ die Blicke schweifen. Zwei Männer fehlten noch: Esteban und Korte.

Allmählich fanden die Touristen ihre Sprache wieder. Die ersten Fragen wurden gestellt. Es gab auch kritische Töne in Richtung Katharina.

Die Reiseleiterin gab zu, sich das Ganze nicht erklären zu können, und entschuldigte sich immer wieder. Luca tat seine Mutter leid. Sie hatte sich zweifellos große Mühe mit der Tour gegeben – und jetzt das.

Es gab eine aufgeregte Diskussion, und schnell wurde klar, dass keiner der Touristen ernsthaft in Erwägung zog, die berühmte Höhle zu besuchen.

„Es reicht“, sagte ein älterer Mann. „Ich gehöre eigentlich nicht zu denen, die schnell klein beigeben, aber hier will uns offenbar jemand mit allen Mitteln am Weitergehen hindern. Und das wird mir zu gefährlich.“

Der Rest der Gruppe stimmte ihm zu.

Katharina nickte. „Dafür habe ich vollstes Verständnis. Selbstverständlich wird Ihnen allen der Preis für diese Exkursion erstattet. Aber ich fürchte, dass wir hier die Nacht verbringen müssen. Jetzt zurückzugehen, dürfte zu gefährlich sein. Wir könnten uns verlaufen."

Nun trat ein Mann zur Gruppe: Esteban.

Katharina sah ihn herausfordernd an. „Wo warst du?"

„Ich habe einen Spaziergang gemacht", erwiderte er ruhig. „Als ich den Lärm und den Schuss hörte, bin ich zurückgerannt. Was ist geschehen?"

Katharina informierte ihn in knappen Sätzen.

„Können wir nicht über das Funkgerät Hilfe holen?", fragte jemand Esteban, sobald Katharina fertig war.

„Nein, aus Bayahibe würde niemand bei Dunkelheit in den Park kommen – die Leute sind hier etwas abergläubisch", entgegnete Esteban. „Ich schlage vor, dass wir die Zelte an einem anderen Ort aufschlagen und Wachen aufstellen."

Wieder gab es eine Diskussion unter den Teilnehmern.

Luca zog seine Freunde ein Stück beiseite. „Ist es nicht merkwürdig, dass Esteban nicht hier war, als der Angriff erfolgte?", fragte er, sobald sie außer Hörweite der anderen waren.

„Allerdings", sagte Nick. „Aber vielleicht war er es ja doch …"

Luca sah seinen Kumpel irritiert an. Dann dämmerte es ihm: „Du meinst, er hat den Angriff, aus welchen Gründen auch immer, beauftragt und sich ganz in der Nähe versteckt, um sich die Show nicht entgehen zu lassen?“

„So in etwa … Wir sollten diesen Typ genau im Auge behalten. Ich traue ihm nicht mehr.“

„Okay, Jungs, ich bin eurer Meinung. Doch wo steckt eigentlich Korte?“, wandte Fenja ein.

„Keine Ahnung“, sagte Luca. „Lasst uns ihn suchen!“ Sie gingen zu ihren Zelten, die glücklicherweise noch standen, und holten ihre Taschenlampen.

„Wo wollt ihr hin?“, fragte Katharina besorgt.

„Korte suchen“, erwiderte Luca.

Die Reiseleiterin nickte. „Gut, aber bleibt in der Nähe des Platzes. Weit kann er ja eigentlich nicht sein.“

Luca knipste seine Taschenlampe an. „Bis gleich.“

Sie blieben dicht zusammen und liefen einmal um den Zeltplatz herum. Keine Spur von Korte. Dann zogen sie immer weitere Kreise um das Lager.

Luca fand den nächtlichen Dschungel unheimlich. Immer wieder reflektierten kleine Augen das Licht seiner Lampe. Der Dschungel schien nie zur Ruhe zu kommen, auch in der Nacht nicht. Überall kroch etwas herum, verbarg sich hinter Baumstämmen oder huschte unter tief reichende Blätter, verwand in kleinen Höhlen, unter Wurzeln oder in tiefen Löchern. Als der Junge kurz stehen blieb, das Licht löschte und einfach nur in die Dunkelheit hineinhorchte, vernahm er einen verwirrenden Chor aus Stimmen der Nacht.

Luca schaltete die Lampe wieder ein, ging weiter und stolperte über eine dicke Wurzel. Jedenfalls glaubte er, dass es eine Wurzel war. Der Junge fiel auf die Knie, die Lampe glitt ihm aus der Hand und rollte in einen Busch.

„Wartet mal!“, rief er den Zwillingen nach, die schon ein Stück vorangegangen waren.

Luca griff in den Busch, um die Lampe zu holen, die nach wie vor brannte. Entsetzt zuckte er zurück, als habe er einen Stromschlag bekommen. Seine Finger hatten etwas Weiches berührt, das sich auch noch bewegte. Zitternd wich er zurück.

Was war das da im Busch?

Jetzt drang auch noch ein Stöhnen an seine Ohren, ein leises Klagen. Lucas Nerven waren bis zum Zerreißen gespannt. Er kroch auf allen vieren rückwärts und stieß mit den Füßen gegen die dicke Wurzel, über die er gerade gestolpert war. Aber auch diese vermeintliche Wurzel war weich, das war kein hartes Holz, das war … ein Bein! Da lag jemand!

Wieder ertönte ein Stöhnen. Luca glaubte, gleich durchzudrehen. War das Korte? Er brauchte Licht!

„Fenja, Nick!“, schrie er in den Dschungel. „Kommt her, schnell!“

Luca überwand seine Angst und holte die Lampe aus dem Gebüsch hervor. Damit leuchtete er über den Boden.

Dort lag ein Mann. Offenbar war Luca gerade über eines seiner Beine gestolpert. Aber es war nicht Korte, der dort lag, sondern …

Die Zwillinge hetzten heran.

„Was ist?“, fragte Nick. „Warum hast du …?“

Er brach mitten im Satz ab, als er den Mann am Boden erblickte.

Schweigend beugten sich die Freunde über ihn. Der Mann mochte etwa Mitte 20 sein und hatte eine dunkle Hautfarbe. Bekleidet war er nur mit Shorts. Er murmelte etwas, das Luca nicht verstand.

„Er scheint zum Glück nicht großartig verletzt zu sein. Jedenfalls blutet er nicht“, sagte Luca. „Aber er hat eine ziemlich große Beule am Hinterkopf. Am besten bringen wir ihn zum Zeltplatz.“

Schon wollten sie dem Mann auf die Beine helfen. Doch da vernahmen sie Rufe, die aus den Büschen um sie herum kamen.

„Da scheinen noch mehr Menschen zu sein“, sagte Luca atemlos.

Die Freunde sprangen auf und untersuchten die nähere Umgebung. Sie fanden drei weitere junge Männer. Alle wirkten benommen.

„*Asalto*", sagte einer von ihnen immer wieder.

„Heißt das nicht Überfall?", fragte Luca.

„Ja", sagte Fenja, die wie die Jungs etwas Spanisch sprach. „Sieht so aus, als wären die vier überfallen und niedergeschlagen worden. Wir müssen Hilfe holen."

Und so rannten die Freunde zurück zum Lager.

Zusammen mit Esteban und mehreren kräftigen Touristen gelang es ihnen, die vier Männer zum Lagerfeuer zu bringen. Dort wurden sie von Katharina untersucht, die aber auch keine schweren Verletzungen feststellen konnte. Nachdem sie etwas getrunken hatten, waren die Männer wieder einigermaßen fit. Einer von ihnen berichtete, dass sie die Voodoo-Schauspieler aus Bayahibe seien, die von Katharina telefonisch engagiert worden seien und die heute am Zeltplatz hätten auftreten sollen. Aber auf dem Weg dorthin habe man sie niedergeschlagen. Dann habe man ihnen offenbar alles gestohlen – bis auf die Shorts.

„Sogar die Rassel ist weg", sagte einer der Männer auf Spanisch.

Katharina und Esteban übersetzten für die deutsche Gruppe.

„Die Täter sind dann in die Kostüme der Voodoo-Gruppe geschlüpft, haben hier ein bisschen Hokuspokus gemacht und uns dann angegriffen“, sagte Luca leise zu Fenja und Nick.

Die vier Männer beschlossen, die Nacht im Lager zu verbringen. Zwar hätten sie auch in der Dunkelheit den Weg nach Bayahibe gefunden, doch jetzt trauten sie sich nicht mehr, was Luca nur zu gut verstand.

Unter der Führung von Esteban brach eine Gruppe von Touristen auf, um noch einmal nach Korte zu suchen. Doch er blieb verschwunden, als habe ihn der Dschungel verschluckt.

DIE SPUR FÜHRT IN DEN DSCHUNGEL

Als Nick am nächsten Morgen vom Kreischen und Zetern eines Papageis geweckt wurde, brauchte er ein wenig, bis er wusste, wo er überhaupt war.

Ein winziges Zelt, eine harte Matte, stickige Luft, verklebte Augen – okay, jetzt war er im richtigen Film. Der Junge gähnte herzhaft und strampelte die dünne Decke weg. Er warf einen Blick auf die Uhr. Es war kurz vor acht.

Zum Glück hatte es in der Nacht keine weiteren Angriffe gegeben, was vielleicht auch daran gelegen hatte, dass Katharina trotz der Dunkelheit einen wirklich gut geschützten Platz gefunden hatte, wo sie die Zelte ein zweites Mal aufgebaut hatten.

Neben Nick tauchte jetzt ein verwuschelter Rotschopf unter der Decke auf. Auch Fenja schien wach zu sein. „Morgen“, murmelte sie. „Hast du schon geguckt, ob Korte wieder da ist?“

„Nein“, erwiderte Nick und öffnete den Reißverschluss des Zeltes. Ein Schwall feuchtwarmer Luft kam herein.

So schnell es ging, zogen sich die Zwillinge an.

Draußen waren Katharina, Esteban und die beiden Helfer gerade dabei, das Frühstück für die Gruppe vorzubereiten. Luca kümmerte sich um das Lagerfeuer. Es roch nach starkem Kaffee.

„*Buenos dias!*“, rief Esteban den Zwillingen zu.

„Buenos dias!“, erwiderte Nick. „Gibt es eine Spur von Korte?“

Die Miene des Reiseleiters bewölkte sich. „Leider nicht. Aber ich habe bei Sonnenaufgang über das Funkgerät sofort Hilfe angefordert und unsere ungefähre Position durchgegeben. Man hat mir versprochen, dass Polizisten und Soldaten die Gegend durchkämmen. Sie werden Dr. Korte schon finden.“

Nick schaute zu Boden. Ja, vermutlich würden sie ihn finden. Aber in welcher Verfassung? War Korte überhaupt noch am Leben? Der Junge spürte einen Kloß im Hals.

„Sofort nach dem Frühstück werden wir die Gruppe

zurück nach Bayahibe und dann zum Schiff bringen", fuhr Esteban fort.

„Nein, nicht *wir*", widersprach Katharina, *„du* wirst sie allein führen. Ich werde nicht mitkommen."

Esteban sah sie überrascht an. „Warum denn das nicht?"

„Ich werde mich an der Suche nach Dr. Korte beteiligen", sagte die Reiseleiterin. „Schließlich war diese verfluchte Tour meine Idee. Ich bin verantwortlich dafür, dass alle gesund zurückkehren. Also werde ich alles tun, um Dr. Korte zu finden."

„Ich helfe mit!", sagte Nick spontan.

„Ich auch!", riefen Fenja und Luca im Chor.

Esteban schüttelte den Kopf. „Das ist viel zu gefährlich! Ihr müsst mit mir gehen!"

„Ja", stimmte Katharina zu, „ihr drei", sie deutete auf Luca, Nick und Fenja, „solltet wirklich bei Esteban bleiben."

Nick verschränkte die Arme vor der Brust. „Auf keinen Fall. Wir sind zusammen losgegangen, also kehren wir auch zusammen zurück." Er schaute herausfordernd zu Luca und Fenja. „Oder?"

Die beiden nickten. „Genau!"

Die Reiseleiterin seufzte. „Also gut. Jeder Widerstand scheint ja zwecklos zu sein."

„So ist es", sagte Nick lächelnd.

„Das ist doch Irrsinn“, rief Esteban erregt. „Ihr habt doch gesehen, was hier passieren kann!“

Der gute Esteban ist aber wirklich sehr besorgt um uns, dachte Nick. Einmal mehr fand er das Verhalten des Reiseleiters verdächtig, denn offenbar lag Esteban viel daran, sie vom Weitergehen abzuhalten.

„Außerdem kennst du dich nicht gut genug im Park aus“, setzte Esteban nach.

„Ich habe eine sehr genaue Karte, auf der alle Pfade eingezeichnet sind, und einen Kompass. Außerdem können wir prima auf uns selbst aufpassen“, sagte Katharina in einem Tonfall, der keine weiteren Diskussionen mehr zuließ.

„Wie du meinst“, entgegnete Esteban verstimmt. „Dann werde ich dir aber wenigstens auf der Karte zeigen, wo wir uns gerade befinden.“

Nach einem schnellen Frühstück, das im Wesentlichen aus Toastbrot, Marmelade und Kaffee bestand, wurden die Zelte abgebaut. Um kurz nach neun Uhr führte Esteban die Gruppe zurück nach Bayahibe. Nick, Luca, Fenja und Katharina blieben allein zurück. Sie hatten Proviant für zwei Tage in ihren Rucksäcken verstaut.

„Willst du hier auf die Polizisten warten?“, fragte Nick leicht ungeduldig. Insgeheim wollte er nicht nur Korte finden, sondern auch den Tätern auf die Spur kommen. Er hätte gewettet, dass Fenja und Luca genauso dachten wir er.

„Nein, wir gehen schon mal los“, sagte die Reiseleiterin. „Wer weiß, wann der Suchtrupp hier ist. Falls Dr. Korte verletzt ist, könnte es auf jede Minute ankommen. Wir sollten keine Zeit verlieren und mit der Suche beginnen.“

„Aber wo?“, fragte Fenja.

„Lasst uns methodisch vorgehen“, schlug Nick vor, während er sich umschaute. „Ich glaube, dass Korte in Panik geriet, als wir angegriffen wurden, und in den Dschungel rannte. Später fand er in der Dunkelheit nicht mehr den Weg zurück zum Lager. Vermutlich hat er sich verirrt. Ich bin dafür, dass wir zum ersten Lagerplatz zurückgehen. Vielleicht finden wir dort Spuren.“

Die anderen waren einverstanden, und so stand das Quartett keine zehn Minuten später dort, wo die falschen Voodoo-Schauspieler die Touristen attackiert hatten. Sie suchten den Platz systematisch ab. Das Gras war an vielen Stellen niedergetrampelt worden. An einem Busch blieb Nick stehen. Hier waren mehrere Äste abgeknickt, eine kleine Schneise war entstanden. Zweifellos war hier jemand in den Wald gerannt – nur wer? War es Korte gewesen oder jemand anderes?

Nick schlüpfte in die grüne Gasse und rief Kortes Namen. Wie befürchtet bekam er keine Antwort. Auch die anderen hatten jetzt begonnen, den Namen des Vermissten zu rufen. Gerade als er umdrehen wollte, entdeckte der Junge etwas, was sein Herz höherschlagen ließ. An einem Zweig hing ein Fetzen Stoff.

Nick zupfte ihn ab. Es handelte sich um schillernd grünen Stoff. Das musste ein Fetzen des Gewands sein, das der falsche Hungan getragen hatte!

Nick heftete seine Augen auf den teils schlammigen Boden und sah Fußspuren, die tiefer in den Dschungel hineinführten. Von wem stammten diese Spuren? Nur von dem falschen Priester? Nick untersuchte sie und erkannte den Abdruck von Zehen. Also war hier jemand barfuß entlanggelaufen. Die Voodoo-Leute hatten keine Schuhe angehabt …

Doch dann entdeckte der Junge weitere Spuren, diesmal zweifelsfrei von Schuhen. Unschlüssig blieb er stehen. Also konnten sowohl Angreifer als auch Touristen hier gewesen sein. Hatten die falschen Voodoo-Darsteller Korte etwa entführt? Das würde das Nebeneinander der Spuren erklären. Vielleicht wollten die Täter ein Lösegeld erpressen! Nick rief die anderen zu sich.

„Ja“, sagte Katharina, dicht über die Spuren gebeugt, „vielleicht wurde Korte verschleppt.“ Sie stand auf. „Wir folgen den Spuren!“ Die Reiseleiterin klappte ihren Kompass auf. „Der Weg führt in Richtung Osten. Dort liegt auch die Höhle. Vermutlich hätten wir genau diesen Weg gewählt, wenn …“ Sie brachte den Satz nicht zu Ende, sondern kramte lieber die Karte aus dem Rucksack. „Ja, dieser Pfad müsste zu der Höhle führen“, sagte sie, sobald sie sich orientiert hatte.

„Okay, lasst es uns versuchen!“, sagte Nick entschlossen und ging selbst voran.

Katharina, Fenja und schließlich Luca folgten ihm. Im Gänsemarsch drangen sie immer tiefer in den Dschungel ein.

Nick sah immer wieder Fußspuren und immer wieder rief er Kortes Namen. Aber niemand antwortete. Hoffentlich folgen wir überhaupt den richtigen Spuren, dachte der Junge. Aber immerhin tun wir überhaupt etwas, um Korte zu retten!

Nach zwei Stunden wurde es brütend heiß. Nicks T-Shirt war am Rücken durchgeschwitzt und die Riemen seines Rucksacks begannen zu scheuern. „Lasst uns eine kleine Pause machen“, schlug er vor.

„Gute Idee“, stimmte Fenja zu. „Ich habe tierischen Durst.“

Gierig tranken sie das lauwarme Wasser aus ihren Flaschen.

„Oh Mann, ich freue mich auf eine eiskalte Cola“, sagte Nick, nachdem er die Flasche abgesetzt hatte. „Das Zeug hier ist ziemlich eklig.“

Katharina kramte eine Schachtel hervor und verteilte

herrlich süße Kekse und Nick spürte, wie sich seine Laune augenblicklich hob.

Einigermaßen gestärkt gingen sie weiter. Oft war der Weg so stark überwuchert, dass er kaum noch als solcher zu erkennen war. Immer wieder ragten Äste tief hinunter. Sie kletterten über halb verfaulte Baumstämme, die quer über dem Pfad lagen, und stiegen über Dornenranken. Die Hitze nahm weiter zu und machte das Vorankommen immer mühseliger.

„Sollen wir nicht umkehren?“, fragte Luca irgendwann.

Nick blieb stehen. Machte es wirklich noch Sinn, sich weiter durch den Dschungel zu quälen? Gerade als er etwas antworten wollte, fiel sein Blick auf ein Gebilde, das vor ihm auf dem Weg lag, vielleicht fünf Meter entfernt.

Wenn ihn nicht alles täuschte, war das ein menschlicher Schädel, der auf einem blutroten Stein ruhte. Nicks Mund öffnete sich zu einem Schrei.

FALLEN

Fenja schob sich an Katharina und ihrem wie zur Salzsäule erstarrten Bruder vorbei. Zögernd ging sie auf das seltsame Arrangement zu. Sie bekam weiche Knie, als sie die leeren Augenhöhlen des Totenschädels sah, aus denen dicke, grüne Fliegen krabbelten, die die Flügel spreizten und brummend abhoben. Der Kiefer war leicht aufgeklappt, als wolle der Schädel etwas zu ihr sagen.

Vielleicht eine Warnung, dachte Fenja. Oder ein Fluch … War hier ein Bokor am Werk gewesen, ein böser Magier?

Katharina schob Fenja sanft zurück. „Lass mich mal lieber“, sagte sie.

„Nein, es geht schon“, erwiderte das Mädchen und hockte sich neben den Totenkopf, um ihn genauer zu betrachten. „Der ist gar nicht echt, glaube ich.“ Fenja überwand sich und fasste den Schädel an. „Plastik“, sagte sie. „Das Ding ist aus Plastik.“ Sie hob ihn hoch und drehte ihn in ihren Händen. „Und hier steht eine Produktnummer.“ Fast hätte sie gelacht, aber auch nur fast.

„Wieder einer dieser dummen Scherze“, sagte Katharina. „Nach wie vor betreibt jemand ziemlich großen Aufwand, um uns vom Weitergehen abzuhalten.“

„Und genau diesen Gefallen werden wir ihm nicht tun, oder?“, fragte Fenja mit einem herausfordernden Blick in die Runde.

„Natürlich nicht“, kam es einstimmig zurück.

Sie stapften weiter über den Weg, immer tiefer in den Dschungel hinein. Fenja lief vorneweg. Niemand sprach, jeder hing seinen Gedanken nach. Ab und zu schimmerte ein Farbtupfer aus dem allgegenwärtigen Grün – ein paradiesbunter Vogel oder eine Blume, deren Name Fenja nicht kannte. Esteban hätte ihn womöglich gewusst, dachte das Mädchen. Er kannte sich bestens aus im Dschungel, im Voodoo-Land. Steckte er wirklich mit den unheimlichen Angreifern unter einer Decke, wollte er wie sie ein Geheimnis wahren, hier im Dschungel? Nur welches?

Die Attacke lief wie ein Film vor Fenjas Augen ab, sie sah die Touristen fliehen, hörte den Schuss fallen.

Der Schuss ... Wer hatte ihn überhaupt abgefeuert? Der falsche Priester wahrscheinlich. Oder Korte! Der hatte schließlich auch eine Waffe, durchfuhr es Fenja.

Korte und Esteban, zwei so unterschiedliche Typen. Und doch hatten sie Gemeinsamkeiten, dachte das Mädchen. Beide kannten sich gut mit Voodoo aus und beide schienen nicht mit offenen Karten zu spielen. Fenja hatte Korte für einen klugen Mann gehalten, der jedem schnell mit seinem ewigen Schlaugeschwätz auf die Nerven ging, sonst aber harmlos war.

Bis sie die Pistole gesehen hatte.

Korte, so war Fenja inzwischen überzeugt, war nicht der Mann, der er vorgab zu sein. Doch genau das konnte durchaus auch für Esteban gelten.

Und Katharina, Luca, Nick und sie quälten sich durch den Dschungel, um diesen Korte zu finden, während Esteban die übrigen Touristen aus dem Park lotste. Sie hatten beide Verdächtigen im wahrsten Sinne des Wortes aus den Augen verloren.

Doch wenig später entdeckte Fenja etwas am Wegesrand, das ihren Puls schlagartig beschleunigte. Es war eine rote Kappe, aber nicht irgendeine, sondern genau die, die Korte getragen hatte. „Schaut mal, was ich gefunden habe!“, rief Fenja den anderen zu und hob triumphierend die Kappe mit dem Nackenschutz hoch.

„Keine Frage, die gehört Korte“, sagte Katharina, sobald sie neben Fenja stand. „Vermutlich hat er sie hier verloren. Er muss sich total verlaufen haben. Aber immerhin haben wir eine Spur von ihm. Das ist doch schon mal etwas.“

Also liefen sie weiter, Stunde um Stunde. Inzwischen war es Mittag und Fenja bekam mächtig Kohldampf.

„Lasst uns noch mal eine Pause einlegen“, schlug sie vor.

Katharina schnitt einen Laib Brot auf und verteilte Hartwurst und Kekse.

„Gar nicht mal schlecht“, sagte Fenja. „Aber ich freue mich trotzdem auf die Büfetts auf der Fantasy!“

„Ja, ein goldbraunes Schnitzel, so groß, dass es nicht auf den Teller passt, sondern rechts und links über den Rand hängt!“, schwärmte Nick.

„Mit Pommes!“, ergänzte Luca.

„Klar, mit ganz viel Pommes“, sagte sein Kumpel. „Goldbraun mit Ketchup und Majo!“

„Genial!“, rief Fenja. „Wann sind wir wieder an Bord?“

„Wir drehen spätestens in einer Stunde um“, sagte Katharina nach einem kurzen Blick auf ihre Armbanduhr, „damit wir auf jeden Fall vor Einbruch der Dämmerung in Bayahibe sind. Also könnt ihr euch heute Abend schon wieder den Bauch vollschlagen.“ Sie lächelte schwach.

Fenja spürte, dass Katharina bedrückt war. Sie mussten Korte unbedingt finden, sonst würde man die Reiseleiterin zur Verantwortung ziehen. Dabei konnte sie doch gar nichts für den feigen Überfall! Fenja wurde wütend, und das gab ihr neue Kraft.

„Los, Leute, lasst uns weitersuchen. Korte kann sich doch nicht in Luft aufgelöst haben. Aber wir werden ihn nicht finden, wenn wir noch lange hier herumsitzen“, sagte sie.

„Die Pause war deine Idee“, erwiderte Nick, während er seinen Rucksack schulterte.

„Schon gut, auf geht’s“, sagte Fenja. Wieder marschierte sie voran.

Nach wenigen Metern hielt sie jedoch inne. Sie hatten eine Weggabelung erreicht und genau hier stand jemand. Das Mädchen schluckte. Im ersten Moment sah es so aus, als wäre es ein Mann, der einen Hut trug. Doch beim genaueren Hinsehen erkannte Fenja, dass es sich um eine große Puppe handelte, die an einem Pfahl hing und von Speeren durchbohrt war.

Wieder eine Warnung, dachte Fenja und schaute zu den anderen.

„Bangemachen gilt nicht“, rief Katharina ihr zu.

Genau, dachte das Mädchen und wählte jetzt erst recht diesen Weg. Entschlossen ging sie auf das Ding zu. Kurz davor geschah es: Der Boden gab unter Fenjas Füßen nach. Schreiend stürzte sie über zwei Meter tief in eine Grube. Instinktiv ging sie bei der Landung in die Hocke und rollte sich nach vorn ab. Gerade als sie sich über die geglückte Einlage freuen wollte, bekam sie einen mittleren Schock. Über den Boden des etwa zwei mal zwei Meter großen Lochs krochen von allen Seiten Schlangen auf sie zu, die prüfend ihre Zungen hin und her zucken ließen.

Fenja schoss hoch und versuchte, aus der Falle herauszukommen. Doch die Wände waren feucht und glitschig.

„Hier, ich helfe dir!“, rief Nick ihr von oben zu. Er lag bäuchlings am Rand und streckte ihr seine Hand entgegen.

Fenja sprang ein Stück nach oben und versuchte, die Hand zu fassen. Doch sie verfehlte sie und fiel zurück in die Grube.

Jetzt hatte die erste Schlange ihren Schuh erreicht und glitt darüber.

Bleib cool, ermahnte sich Fenja, bleib ganz cool! Die sind bestimmt alle ganz harmlos.

Wieder sprang sie in die Höhe und diesmal gelang es

Nick, ihre Handgelenke zu packen und sie mit Katharinas Hilfe hochzuziehen.

„Mein Gott, wer denkt sich denn so etwas aus?“, fragte Fenja, als sie keuchend am Rand der Grube saß.

„Eine Falle“, sagte Katharina mit mühsam unterdrückter Wut. „Jemand hat dünne Palmwedel über das Loch gelegt. Nicht zu fassen!“

„Dann ist Korte hier logischerweise nicht entlanggegangen“, kombinierte Fenja, während sie zu den Schlangen hinunterstarrte. Irgendwie hatte sie das Gefühl, dass ihr die Tierchen nachtrauerten. „Wir müssen den anderen Weg wählen.“

„Sollen wir nicht lieber umdrehen?“, fragte Katharina besorgt.

„Auf keinen Fall“, entgegnete das Mädchen und bog auf den anderen Pfad ein.

Es ging ein Stück geradeaus, dann machte der Weg einen scharfen Knick. Als sie um die Ecke gingen, rannte ihnen ein Mann entgegen.

„Korte!“, entfuhr es Fenja. Sie war völlig perplex. „Hallo, Herr Korte!“

Stundenlang waren sie durch diesen Dschungel gestapft und hatten mehr und mehr die Hoffnung verloren, Korte zu finden – und nun tauchte er plötzlich wie aus dem Nichts auf!

Korte hob im Laufen beide Arme und winkte. Doch

unvermittelt verlor er den Boden unter den Füßen. Etwas riss sein rechtes Bein nach oben. Und mit einem Mal hing er kopfüber an einem Seil, das am stabilen Ast eines Baumes befestigt worden war.

„Hilfe!“, schrie Korte.

UNTER VERDACHT

Luca, Fenja, Nick und Katharina rannten rasch zu Korte. Nick kletterte auf den Baum und löste das Seil, während die anderen drei dafür sorgten, dass Korte wieder sicher auf seinen eigenen Füßen landete.

„Und noch eine Falle", sagte Luca mit einem Blick auf Korte, der unverletzt geblieben war. „Sie sind in eine Schlaufe getreten und haben dadurch irgendeinen Mechanismus ausgelöst, der den Ast mit dem Seil hochschnellen ließ. Raffiniert – und ziemlich gemein."

„Allerdings", knirschte Korte und zupfte ein paar Blätter von seinem Hemd.

„Hauptsache, Sie sind wieder da", sagte Luca. „Aber

nun erzählen Sie mal: Was ist in der vergangenen Nacht passiert?"

Korte hockte sich in den Schatten einer Palme. „Als die Priester angriffen, bin ich zu meinem Zelt gerannt und habe meinen Rucksack in Sicherheit gebracht. Ich hatte Angst, dass die Angreifer mich bestehlen wollten. Immerhin habe ich wichtige Sachen dabei. Meine Fachbücher zum Beispiel, außerdem Pass und Geld."

Ja, und einen Revolver, dachte Luca. Er traute Korte nach wie vor nicht.

Nick schaute den Mann verständnislos an. „Sie haben wirklich Ihre Sachen geholt, statt zu fliehen?"

„Äh, ja, zunächst jedenfalls. Diese Voodoo-Typen rannten erst auf ein anderes Zelt zu. Da habe ich schnell meinen Rucksack aus meinem Zelt gerissen. Als die Täter dann mich ins Visier nahmen, bin ich weggerannt – einfach so, ohne groß nachzudenken. Ich stürzte kopflos in den Dschungel und habe mich prompt verlaufen."

Luca nickte. „Das haben wir uns schon fast gedacht."

„Nach einer ziemlich ungemütlichen Nacht im Wald fand ich heute Morgen diesen Pfad", fuhr Korte fort. „Ich folgte ihm in der Annahme, dass er mich zum Lager zurückführen würde. Schließlich stieß ich auf diese verrückte Voodoo-Puppe und ging lieber den anderen Weg. Dabei muss ich an der Schlinge vorbeigekommen sein. Wie durch ein Wunder bin ich da nicht reingetreten – na ja, das habe ich ja jetzt nachgeholt, nachdem mir unterwegs Zweifel kamen und ich umgedreht bin."

Luca sah zu seiner Mutter und den Zwillingen. Katharina schien unendlich erleichtert zu sein, dass der Schlaumeier wieder aufgetaucht war.

„Jetzt ist ja alles gut", sagte sie strahlend. „Wir sollten so schnell wie möglich zur Fantasy zurückkehren."

Nach zwei Stunden legte der kleine Trupp eine Pause ein. Katharina verteilte wieder alle möglichen Leckereien aus ihrem Rucksack. Auch Korte griff beherzt zu. Dann verschwand er im Dschungel. „Ich muss mal", sagte er zur Begründung.

„Ob er immer noch die Pistole hat?", fragte Luca leise, sobald Korte verschwunden war.

„Keine Ahnung, vielleicht lag sie ja auch in seinem Zelt, als die Typen angriffen. Aber falls die Knarre da in dem Rucksack ist, würde mir das überhaupt nicht gefallen", sagte Fenja.

„Mir auch nicht", stimmte Luca ihr zu.

„Dann sieh doch mal nach", zischte Nick.

Luca zögerte einen Moment. Er schaute sich um. Keine Spur von Korte. Na ja, ein kurzer Blick in den Rucksack war ja nichts Kriminelles.

Und weil auch Katharina keine Anstalten machte, ihn zurückzuhalten, riskierte der Junge es. Ein kleines

Buch, Geldbörse, T-Shirts, eine Hose – und da: die Waffe! Aber in dem Rucksack befand sich noch etwas, das Luca noch viel mehr interessierte: Goldmünzen!

„Guck mal, schnell“, flüsterte er seiner Mutter zu.

Katharina beugte sich rasch über den Rucksack und untersuchte eine der Münzen. „Ich würde sagen, dass das ein Golddukat ist. Und hier ist eine Prägung. Demnach stammt diese Münze aus dem Jahr 1580“, sagte sie aufgeregt.

„Achtung, er kommt zurück“, wisperte Nick, und Luca und Katharina huschten zu ihren Plätzen.

Gut gelaunt stieß Korte wieder zu ihnen. „Na, bereit zum Aufbruch?“

„Na klar“, erwiderte Luca und stand auf.

Korte marschierte pfeifend voran, danach kamen Nick, Fenja, Katharina und schließlich Luca.

Der Junge dachte scharf nach. Wo hatte Korte diese Münzen her? Da fiel ihm die Geschichte von Francis Drake ein, der Santo Domingo mit seinen Männern geplündert hatte. Dabei hatten die Seeräuber doch auch 25.000 Golddukaten mitgehen lassen … Wann war das noch gewesen? 1586 … Und diese Münze war 1580 geprägt worden!

Stammten Kortes Münzen etwa aus diesem Raubzug?, dachte Luca mit wachsender Erregung. Immerhin war ja unbekannt, ob die Dukaten jemals England erreicht hatten. Womöglich waren die Münzen auch auf der Insel geblieben. Doch wie war Korte an den Schatz herangekommen?

Lucas Gedanken überschlugen sich. Am besten stellen wir ihn zur Rede, überlegte er sich. Aber Korte war bewaffnet. Was wäre, wenn er sich ertappt fühlte und auf sie losging?

Nein, das war zu gefährlich, es musste eine andere Lösung geben, grübelte der Junge. Dabei kam ihm ein neuer Verdacht: Hatte sich der Schlaumeier gar nicht verlaufen, sondern hatte er sie alle hinters Licht geführt? Was wäre, so dachte Luca weiter, wenn Korte gar kein Opfer der falschen Voodoo-Priester gewesen war, sondern deren Komplize?

Diese Theorie faszinierte den Jungen immer mehr, je länger er darüber nachdachte. Schließlich glaubte er, dass es sich wie folgt abgespielt haben könnte: Korte, der sich offenbar bestens mit Voodoo auskannte, hatte die falschen Voodoo-Leute engagiert, damit sie die Gruppe dazu brachten, den Nationalpark zu verlassen. Doch Korte selbst wollte bleiben, weil er hier noch etwas zu erledigen hatte …

Lucas Mund war trocken. Dieser Verdacht war wirklich ungeheuerlich. Aber es fehlte der Beweis. Und da war auch noch Esteban, dessen Rolle in diesem bösen Spiel noch nicht geklärt war …

IN DER HÖHLE

Jemand tippte Nick von hinten auf die Schulter, und der Junge drehte sich um.

Es war Luca, der zu ihm aufgeschlossen hatte. „Lass mal ein bisschen Abstand zu Korte, ich muss dir was sagen“, wisperte er.

Nick beschleunigte sein Tempo, und so hatten die Freunde rasch ein paar Meter Vorsprung.

„Was gibt’s denn?“, fragte Nick neugierig.

Nun berichtete Luca.

„Ist ja irre, sagte Nick. „Wenn wir …“

Weiter kam er nicht. Denn er blickte in den Lauf eines Gewehrs.

Nick war nicht in der Lage, irgendetwas zu sagen.

Vor ihnen standen drei Männer, die ihre Gesichter mit Tüchern verhüllt hatten, die nur ihre Augen frei ließen. Der eine trug das Gewehr, der zweite hatte einen Revolver, der dritte ein Buschmesser.

Katharina schob sich an den Freunden vorbei und stellte sich vor sie. „Nehmen Sie die Waffen runter!", herrschte sie die Männer auf Spanisch an.

„Sie können ruhig Deutsch mit mir reden", sagte der Mann mit dem Revolver gelassen. „Und wann wir die Waffen runternehmen, entscheide ich und nicht Sie."

Katharina deutete auf Luca, Nick und Fenja. „Es sind Kinder, verdammt noch mal!"

Der Mann lachte. „Kinder? Die sind doch bestimmt schon 15! Es sind Diebe. Diebe wie der da!" Er deutete auf Korte. „Sie stecken doch alle unter einer Decke!"

Katharina schaute Fenja, Luca und Nick verständnislos an.

Da dämmerte es Nick. „Korte hat den Typen die Dukaten geklaut. Und jetzt glauben sie, dass wir zusammengehören!"

Katharina stöhnte leise auf. „Das ist ein Irrtum!", rief sie den Männern zu. „Wir haben mit diesen Dukaten nichts zu tun!"

„Natürlich nicht", höhnte der Mann mit der Pistole.

„Und wie kommt es dann, dass ihr zusammen durch den Park lauft und die Dukaten dabeihabt?"

„Nur Korte hat das Gold!", widersprach Nick. „Wir haben keine einzige Münze in unseren Rucksäcken."

„Das heißt nichts", beschied ihm der Mann kalt. „Und jetzt werdet ihr mitkommen."

„Wohin?", wollte Nick wissen.

„Das werdet ihr schon sehen."

Über verschlungene Pfade wurden sie in einem mehrstündigen Marsch zu einer Höhle getrieben, deren breiter Eingang auf eine kleine Lichtung führte.

„Das wird die Cueva del Puente sein", ahnte Katharina leicht verzweifelt. „Die wollte ich unter ganz anderen Vorzeichen mit euch anschauen."

Die Bewaffneten sperrten sie in eine weitere, jedoch augenscheinlich viel kleinere Höhle neben der Cueva del Puente. Diese Höhle war nur durch einen schmalen Spalt im Fels zu betreten. Der Zugang wurde von außen verschlossen, indem die Männer einen schweren Stein davorrollten.

Nick schaute sich um. Immerhin fiel durch ein rundes Loch in der Decke Licht in ihr Gefängnis. Die Höhle war ein rechteckiger Raum, der etwa die Größe einer Garage hatte und fünf Meter hoch war, wie Nick schätzte. Die dunklen Wände glänzten teilweise feucht. Es roch leicht modrig. Höhlenzeichnungen gab es hier nicht. Der Junge spürte eine seltsame Mischung aus Angst und Wut in sich aufsteigen. War diese düstere Höhle etwa dazu bestimmt, ihr Grab zu werden?

„Na großartig“, sagte Nick böse zu Korte. „Das haben wir alles Ihnen zu verdanken.“

„Stimmt“, ergänzte Katharina. „Und ich denke, dass Sie uns eine Erklärung schuldig sind.“

Korte nickte. Er gab sich alle Mühe, geknickt zu wirken. „Ich habe nicht ganz die Wahrheit gesagt“, begann er leise.

„Ach, wirklich?“, sagte Nick ironisch.

„Nach dem Überfall der falschen Voodoo-Leute habe ich mich wirklich verlaufen“, fuhr Korte fort. „Ich übernachtete im Wald und entdeckte am nächsten Morgen zufällig die Höhle. Dort habe ich zwei Männer beobachtet, die Goldmünzen noch draußen schleppten. Nun, da dachte ich mir, dass ich mir vielleicht ein paar Münzen holen könnte …“

„Sie haben die Männer also bestohlen“, brachte Nick die Sache auf den Punkt. Das Rumgeeier des Schlaumeiers ging ihm immer mehr auf die Nerven.

„Ich floh mit den Dukaten, rannte aber in die Falle, aus der ihr mich gerettet habt. Na ja, und dann …“

Korte ließ den Kopf hängen, aber Nick nahm ihm das schlechte Gewissen nicht ab. Das war jetzt eigentlich auch nicht wichtig. Wichtig war, dass sie hier irgendwie herauskamen, bevor sie verrotteten. Prüfend schaute er sich erneut um.

„Sie sprachen vorhin von zwei Männern, die Sie bestohlen haben", sagte Katharina jetzt. „Aber da draußen sind drei Männer."

Korte zuckte mit den Schultern. „Ich habe heute Morgen nur zwei gesehen."

„Ich vermute, dass Sie keinen der Männer kennen."

„Richtig."

Das Gespräch verstummte, und Nick suchte nach wie vor nach einer Möglichkeit, aus der Höhle herauszukommen. „Lasst uns versuchen, den Stein wegzurollen oder umzukippen", schlug er vor. „Haben Sie eigentlich noch Ihre Pistole?"

Korte lächelte ihn müde an. „Natürlich nicht, die haben mir die Kerle als Erstes abgenommen."

Mit vereinten Kräften drückten sie gegen den Stein. Aber der rührte sich keinen Millimeter.

„Die Typen müssen ihn irgendwie verkeilt haben", sagte Nick enttäuscht. Er schaute nach oben. „Dann bleibt nur noch das Loch da."

Fenja schaute ihn entgeistert an. „Wie bitte?"

„Ich klettere da jetzt rauf", sagte Nick entschlossen. „Vielleicht komme ich aus der Höhle raus und kann Hilfe holen."

„Das wirst du schön bleiben lassen“, mischte sich Katharina ein.

„Und was willst du machen?“, fragte Nick. „Warten? Auf wen oder was denn?“

Es gab eine kurze Diskussion. Schließlich setzte sich Nick durch und wagte es. Er wählte eine Wand, die kaum feuchte Stellen, aber dafür zahlreiche Spalten und kleine Vorsprünge aufwies – für einen geübten Kletterer wie Nick ziemlich gute Bedingungen. Den Körper dicht an die Wand gepresst, um nicht nach hinten zu kippen, kam er zügig voran. Seine Füße fanden auf den stabilen kleinen Vorsprüngen guten Halt.

Auf halber Strecke legte er den Kopf in den Nacken. Das Loch war keine zwei Meter mehr entfernt und groß genug, dass er hindurchpasste, vermutete Nick. Doch es gab ein kleines Problem. Sein Schlupfloch schloss nicht bündig mit der Wand ab, die er gerade hinaufkraxelte. Es würde sich, sobald er ganz oben war, etwa 30 Zentimeter in seinem Rücken befinden.

Keuchend erreichte er die Decke. Während er sich mit der linken Hand an den Fels krallte, griff er mit der rechten nach hinten in das Loch. Seine suchenden Finger fanden eine dicke Wurzel oder etwas Ähnliches. Konnte er sich daran festhalten und sich durch die Öffnung ziehen?

Er riskierte es, packte mit rechts fest zu, zog die linke

Hand nach und baumelte für einen Moment unter der Decke.

„Pass bloß auf!“, hörte er Katharina rufen.

Na klar, was denkst du denn, dachte Nick, schwieg jedoch, um Kräfte zu sparen. Dann machte er einen Klimmzug an der Wurzel oder was immer das war und betete, dass das Ding sein Gewicht aushielt.

Es hielt.

Nach Luft japsend lag er Sekunden später neben dem Loch. Als er wieder bei Atem war, peilte Nick die Lage. Er befand sich auf einem kleinen, steinernen Plateau. Vorsichtig spähte er über den Rand und sah einen der Männer, der gerade in der Höhle verschwand. Neben dem Eingang entdeckte Nick einige Geräte – darunter Spitzhacken, Schaufeln und ein Seil.

Das Seil!, durchfuhr es Nick. Damit konnte er vielleicht die anderen aus der Höhle befreien! Er fand einen Weg vom Dach der Höhle. Unten versteckte sich Nick zunächst hinter einem Baum. Als die Luft rein war, schnappte er sich das Seil, kletterte wieder hinauf zum Loch und ließ ein Ende hinab. Das andere vertäute er an einem Baumstamm. Nach und nach zogen sich Luca, Nick, Katharina und schließlich auch Korte aus dem Gefängnis.

„Gib mir fünf!“, sagte Luca strahlend zu Nick. „Das hast du super gemacht.“

Nick schlug lächelnd ein. Doch plötzlich wurde er ernst. „Ich höre Motoren – das klingt nach Hubschraubern!“ Er deutete nach Westen. „Da kommen sie auch schon.“

Fenja nickte. „Vier Stück. Sieht ganz so aus, als wollten sie hier landen! Das müssen die Soldaten sein!“

„Wir sollten uns verkrümeln – das könnte gleich brenzlig werden“, ahnte Nick und stürmte los.

DER DRITTE MANN

Sie flüchteten in den Dschungel, der die Höhle umgab. Schließlich hielt Fenja an und hob die Hand. „Stopp! Von hier aus können wir sehen, was passiert!“

Die Freunde, Katharina und Korte suchten hinter Bäumen und Büschen Schutz.

Fenja bog die Zweige beiseite. Jetzt konnte sie den Eingang zur Höhle sehen. Zwei Männer wuchteten gerade eine Kiste heraus. Jetzt, da sie nicht mehr vermummt waren, konnte Fenja ihre Gesichter erkennen. Beide mochten etwa 30 Jahre alt sein. Der eine trug einen dichten Vollbart, der andere war auffallend klein. Vom dritten Mann war nichts zu sehen.

Waren in der Kiste Dukaten?, grübelte das Mädchen.

Nun setzten die beiden Männer die Kiste ab. Der Bärtige wischte sich über die Stirn und hockte sich auf einen Stein. Der andere blieb stehen und starrte in Fenjas Richtung. Sofort ging sie auf Tauchstation.

Eine ärgerliche Stimme wurde laut und Fenja wagte einen weiteren Blick durch die Zweige.

Der Kleine fuchtelte mit den Armen. Irgendetwas schien ihn nervös zu machen.

Hatten die Männer die Hubschrauber auch gehört?, überlegte Fenja. Es schien fast so zu sein. Doch die Landung konnten sie eigentlich nicht beobachtet haben …

Nun kam auch Bewegung in den Bärtigen. Er lief zu einem Rucksack und zog das Gewehr heraus. Der Kleine verschwand wieder in der Höhle. Fenja vermutete, dass er den dritten Mann verständigen wollte.

Sie drehte sich zu den anderen um. „Das könnte wirklich mächtig brenzlig werden. Wir sollten uns noch tiefer in den Dschungel zurückziehen."

Sie selbst ging voran. Auf allen vieren krabbelte sie unter einem umgestürzten Baum hindurch. Als sie sich wieder aufrichtete, gefror ihr das Blut in den Adern.

Wie aus dem Boden gewachsen stand ein Mann vor ihr. Er trug eine dunkle Uniform samt Schirmmütze und eine Maschinenpistole. „Psst!", machte er und grinste breit.

Hinter ihm tauchten ein Mann in Zivil und weitere Uniformierte auf.

„Esteban!", rief Fenja.

Der Reiseleiter winkte ihr zu. „Das sind die Soldaten und Polizisten, die ich euch versprochen habe!", sagte er. „Wir sind ganz in der Nähe auf der einzigen großen Lichtung weit und breit gelandet und wollten von hier aus die Suche nach Dr. Korte fortsetzen. Das hier", er deutete auf den Mann mit der Maschinenpistole, „ist Joaquin Jiménez. Er leitet das Unternehmen."

Jiménez tippte an den Schirm seiner Mütze.

„Aber jetzt erzählt mal, was sich inzwischen ereignet hat", bat Esteban und schaute zu Korte. „Ich freue mich, dass Sie sozusagen wieder an Bord sind, Dr. Korte."

Der Angesprochene lächelte geschmeichelt.

„Na ja, das kann man so und so sehen", sagte Fenja jetzt und setzte Esteban ins Bild.

Esteban schaute den Passagier verdattert an. „Sie haben den Typen in der Höhle Dukaten gestohlen? Das darf doch wohl nicht wahr sein! Die Dukaten gehören ins Museum und nicht in die Taschen von diesen Dieben dort – oder in Ihre, Dr. Korte!"

Korte schaute mit verkniffenem Mund zur Seite. Er schwieg.

Esteban informierte Jiménez, der seinen Männern ein paar knappe Kommandos gab.

„Sie wollen die Täter überwältigen", übersetzte Katharina. „Also werden wir uns schön im Hintergrund halten. Es könnte zu einer Schießerei kommen."

„Aber ich will sehen, was passiert", drängte Fenja und erreichte nach einigem Quengeln, dass sie sich in sicherem Abstand am Rand der Lichtung verbergen durften.

Dort gingen auch die Soldaten vorläufig in Stellung. Vor der Höhle war niemand zu sehen. Jiménez unterhielt sich leise mit seinen Männern, und Fenja ahnte, dass sie ihre Taktik besprachen.

Unauffällig beobachtete Fenja Esteban. Offenbar hatten sie ihn zu Unrecht verdächtigt. Sie bekam ein schlechtes Gewissen. „Sag mal, warum warst du nicht bei der Voodoo-Show?", fragte sie ihn leise. „Wir haben schon geglaubt, dass du ..."

Esteban lächelte sie an. „Voodoo ist für mich keine Touristen-Show, kein billiges Theater. Ich nehme Voodoo sehr ernst. Solche Shows sind für mich fast eine Beleidigung, verstehst du? Und genau deswegen war ich nicht dabei. Ich konnte ja nicht ahnen, dass die falschen Priester euch angreifen."

Fenja nickte langsam. Das klang wirklich einleuchtend. Dann schaute sie wieder zur Höhle. „Da kommt jemand!", zischte sie.

Alle Blicke waren nach vorn gerichtet.

Jetzt trat der Kleine aus der Höhle. Er trug ein Buschmesser. Dann kam der Bärtige mit dem Gewehr – und schließlich folgte auch der dritte Mann.

Fenja glaubte, ihren Augen nicht trauen zu dürfen. Diesen Mann hatte sie schon einmal gesehen. Sie kannte sogar seinen Namen!

„El Loco!“, wisperte sie aufgeregt. „Der verrückte Totengräber aus Bayahibe!“ Sie sah Korte misstrauisch an. „Haben Sie den Mann nicht erkannt, als Sie die Dukaten gestohlen haben?“

„Nein, ich habe nur die beiden anderen Kerle gesehen“, beteuerte Korte.

Fenja beobachtete, wie El Loco den anderen beiden Männern offenbar Anweisungen gab. Er schien der Boss zu sein. Und jetzt wirkte er keineswegs verrückt, sondern eher wie jemand, der ganz genau weiß, was er tut. Vielleicht, dachte das Mädchen, führt dieser Mann ein Doppelleben.

Jiménez hob die Hand und deutete nach vorn. Die Uniformierten brachen aus dem Gebüsch, die Maschinenpistolen gehoben.

„Waffen runter!“, rief Jiménez dem Trio zu.

Doch El Loco und seine Komplizen dachten gar nicht daran. Der Bärtige richtete das Gewehr auf Jiménez.

„Oh nein!“, schrie Fenja.

Der Polizist ließ sich auf den Boden fallen und gab einen platzierten Schuss ab, der dem Bärtigen das Gewehr aus den Händen riss. Mit einem Schrei sank der Mann auf die Knie.

Bäng! Der nächste Schuss traf das Buschmesser, das der Kleine trug, und ließ es in ein Gebüsch fliegen. Verdutzt schaute der Kleine auf seine leeren Hände.

El Loco schien einen Moment zu zögern. Doch dann hob er die Arme.

Jiménez stand wieder auf und ging mit seinen Männern langsam auf die Diebe zu. Auch die anderen beiden Täter hatten jetzt die Hände gehoben. Fenja sah, dass der Bärtige aus einer Wunde am Unterarm blutete.

Als die Polizisten das Trio umstellt hatten, sagte Katharina: „Ein Glück, jetzt droht keine Gefahr mehr!“

Fenja nickte. „Mich würde interessieren, was El Loco zu sagen hat. Und außerdem wissen wir immer noch nicht, wer für den faulen Zauber an Bord verantwortlich war.“ Entschlossen ging sie zusammen mit den anderen auf den Totengräber zu.

DIE SCHATZKARTE

Jiménez war gerade dabei, El Loco nach Waffen zu durchsuchen. Plötzlich lächelte er grimmig. In seinen Händen lag ein merkwürdiges Gebilde – eine Mischung aus einem Handy und einer Pistole.

„Was soll denn das sein?“, fragte Luca neugierig.

Esteban unterhielt sich kurz mit dem Polizisten. „Er sagt, dass die Pistole nicht funktioniert. Dabei sieht das Ding wirklich echt aus, nicht zu fassen“, sagte der Reiseleiter dann.

Die Polizisten verpassten El Loco und dem kleinen Mann Handschellen. Auch der Bärtige wurde gefesselt, nachdem seine nur oberflächliche Verletzung verbunden worden war.

Jiménez zog sein Funkgerät hervor und begann zu sprechen.

„Sie klären nun mit der Einsatzzentrale in Santo Domingo, was sie mit den dreien machen sollen", erläuterte Esteban.

„Dann haben wir ja ein wenig Zeit, uns mit den Herrschaften zu unterhalten", sagte Luca schnell. Als er den überraschten Blick seiner Mutter bemerkte, fügte er hinzu: „Du willst doch auch wissen, ob es die Münzen sind, die Drake einst geraubt hat, oder?"

Katharina grinste. „Na klar …"

„Geben Sie sich keine Mühe", sagte der Totengräber von oben herab. Offenbar hatte er dem Gespräch gelauscht. „Von mir erfahren Sie nichts."

Doch in diesem Moment begann der Bärtige wie ein Wasserfall auf Spanisch zu reden. Immer wieder deutete er auf El Loco. Auch der Kleine mischte sich ein – und auch er zeigte auf den Totengräber, dessen Miene sich immer mehr verfinsterte.

Katharina begann zu lachen. „Danke, das ist ja wunderbar. Sie belasten beide ihren Chef! Sie behaupten, dass er sie da reingezogen hätte und sie gar nicht gewusst hätten, nach was sie suchten." Sie wandte sich an El Loco. „Ich glaube, Sie können jetzt auspacken."

Der Totengräber spuckte verächtlich aus. „Dieses

Pack, die wollen nur ihre Haut retten. Aber es stimmt, ich war es, der auf die Spur der Münzen kam …“

Lucas Augen wurden groß. „Wie das?“

„Beim Buddeln auf meinem Friedhof“, erwiderte El Loco mit einem seltsamen Grinsen. „Ich musste ein paar Tote umbetten. Nach einem schweren Unwetter und einem Erdrutsch war der Friedhof teilweise verwüstet. Auch die Gräber der Engländer habe ich neu angelegt. Na ja, und dabei habe ich in einem Grab eine schmale Röhre aus Metall gefunden. Der Tote trug sie an einer Kette um den Hals. Nun, ich habe mal in diese Röhre reingeschaut – und eine Karte gefunden.“

„Etwa eine Schatzkarte?“, fragte Luca nach.

„Du sagst es. Darauf war die Höhle hier markiert, also musste dort etwas sehr Wertvolles verborgen sein, dachte ich mir. Da ich wusste, dass es sich bei dem Toten um einen von Drakes Männer gehandelt hatte und der Verbleib der 25.000 Dukaten ungeklärt ist, überlegte ich, ob in der Höhle vielleicht die Dukaten sein könnten. Ich machte mich zusammen mit den beiden Feiglingen hier auf die Suche. Wir begannen zu graben, fanden aber zunächst nichts.“

El Loco machte eine kleine Pause und äugte misstrauisch zu Jiménez, der sein Gespräch inzwischen beendet hatte und hinzukam. Esteban redete kurz mit ihm und der Polizist nickte.

El Loco würdigte den Polizisten keines Blickes und fuhr fort: „Dann erfuhr ich, dass eine Touristengruppe im Anmarsch war. Ihr wolltet ausgerechnet zur Höhle. Und weil wir dort durch das Graben ziemlich viele Spuren hinterlassen haben, hättet ihr vermutlich sofort geahnt, dass hier etwas nicht stimmt."

Luca grübelte. Wer hatte El Loco informiert, dass die Gruppe zur Höhle wollte? Und wer war El Locos Komplize an Bord?

„Also versuchte ich zu verhindern, dass ihr es überhaupt bis hierher schafft", sagte El Loco. „Ich ließ den falschen Zauber an Bord veranstalten, damit ihr erst gar nicht zur Höhle aufbrecht. Und ich war es auch, der Sie", er schaute zu Katharina, „in Santo Domingo anrief und bedrohte. Später machte ich euch ein bisschen Angst, als ihr im Dschungel übernachtet habt, und ließ die Fallen aufbauen. Tja, und inzwischen waren wir auch fündig geworden – wir stießen in einem Erdloch in der Höhle auf einige Dukaten! Vermutlich haben die vier Piraten das Geld Drake gestohlen und hier versteckt, um sich ein schönes Leben in meinem Land zu machen." Er blickte zu Korte. „Und dieser Herr hat dann versucht, uns die Dukaten zu stehlen – aber er kam nicht weit."

„Nun, besonders weit sind Sie mit den Münzen ja auch nicht gekommen", sagte Katharina. „Wie viele

Dukaten haben Sie eigentlich gefunden? Und wo haben Sie die Münzen hingebracht?"

El Loco verschränkte die Arme vor der Brust und schwieg.

Katharina informierte den Polizisten. Er hörte ihr konzentriert zu und gab dann ein paar Kommandos.

„Die Diebe werden nach Santo Domingo gebracht", übersetzte Katharina. „Dort wird man sie im Gefängnis weiter verhören. Wir können in einem der Hubschrauber nach Bayahibe mitfliegen. Die Polizei will El Locos Haus unter die Lupe nehmen. Jiménez hofft, dort die Dukaten zu finden."

„Dürfen wir mit zur Hütte? Ich will unbedingt wissen, wie die Sache ausgeht!", rief Luca.

„Schauen wir mal", wich Katharina aus. „Jetzt sollten wir uns erst einmal von Esteban verabschieden – er fliegt mit nach Santo Domingo. Dort wartet bereits die nächste Reisegruppe auf ihn."

Kurz darauf landeten zwei der Hubschrauber auf einem abgeernteten Acker in Bayahibe. Inzwischen war es später Nachmittag. Die Helikopter wurden sofort von Dorfbewohnern umringt. Doch Jiménez beantwortete die Fragen nicht, die auf ihn einprasselten, sondern ließ sich von Katharina den Weg zum Friedhof zeigen. Korte dackelte ihnen hinterher und suchte sich vor El

Locos windschiefem Haus einen Platz im Schatten. Katharina gesellte sich zu ihm, während die Polizisten das Türschloss knackten und in dem Gebäude verschwanden.

„Ob die Münzen wirklich in der Bude versteckt sind?“, rätselte Luca, der sich mit Nick und Fenja ein wenig von den Erwachsenen abgesondert hatte.

Die Zwillinge zuckten nur mit den Schultern.

„Ob wir vielleicht mal …“

„… nachschauen?“, vollendete Nick den Satz. Seine Augen blitzten.

„Genau das“, sagte Luca aufgeregt und nahm den Deckel vom Objektiv seiner Kamera. „Wenn wir ein Versteck randvoll mit Dukaten fänden, dann wäre das ein super Foto!“

Doch Fenja schüttelte den Kopf. „Jiménez wird es bestimmt nicht sehr lustig finden, wenn wir ihm reinpfuschen.“

„Es kommt immer auf einen Versuch an“, erwiderte Luca und schaute zu seiner Mutter hinüber. „Wir fragen mal nach, wie es aussieht“, rief er.

„Okay, aber macht keinen Blödsinn“, erwiderte Katharina.

Schon huschten die Freunde zum Eingang der Hütte.

„Hallo?“, fragte Luca, sobald sie im Flur standen.

Niemand antwortete ihm. Über sich hörte er schwere

Schritte auf den Holzbohlen. Offenbar durchsuchten die Polizisten gerade die Räume im Obergeschoss.

Einen Moment lang war Luca unschlüssig. Doch dann tippte er mit dem Zeigefinger gegen die Tür, die ihm am nächsten war. Quietschend schwang sie auf und erlaubte einen Blick in einen höchst seltsamen Raum. Er war vollkommen schwarz gestrichen und verfügte nur über ein einziges kleines Fenster, sodass in dem Zimmer Halbdunkel herrschte. Außer einem Schreibtisch mit einem Computer bildeten ein schäbiger Schaukelstuhl, ein uralter Fernseher, eine durchgesessene Couch sowie zahlreiche Kerzen die gesamte Inneneinrichtung.

„Irgendwie unheimlich", murmelte Fenja.

„Die Welt eines Totengräbers", erwiderte Luca.

„Meint ihr, er hat die Münzen im Schreibtisch versteckt, vielleicht in einer der Schubladen?", überlegte Nick laut.

Wohl kaum, dachte Luca. Das wäre ein bisschen zu einfach. Außerdem hatten die Polizisten dort bestimmt schon längst nachgeschaut … Sein Blick blieb an dem Rechner hängen und erneut fragte er sich, wer El Loco informiert hatte, dass die Touristengruppe ihm gefährlich nahe kommen könnte.

Einer plötzlichen Eingebung folgend startete Luca den PC.

„Was machst du da, bist du verrückt?“, fragte Nick.

„Entspann dich, ich will nur mal was nachschauen“, entgegnete Luca cool und starrte auf den Monitor. Zwei Minuten verstrichen, dann war der Rechner online.

„Na, dann wollen wir mal“, sagte Luca und klickte auf den Mail-Ordner. Er öffnete den Posteingang. Dort stieß er auf zehn Mails, die, wie er der Datumsspalte rechts entnehmen konnte, in der vergangenen Woche bei El Loco eingegangen waren.

Über ihnen polterte etwas.

„Die kommen bestimmt gleich runter und dann gibt's mächtig Ärger“, hauchte Fenja, die Luca gebannt über die Schulter schaute. „Was hast du vor?“

„Ich will doch nur wissen, wer El Loco gewarnt hat“, wisperte Luca und öffnete eine Mail nach der anderen. Fieberhaft überflog er die Texte, die erwartungsgemäß alle in spanischer Sprache verfasst worden waren. Luca verstand nur Bruchstücke, doch plötzlich, er war gerade bei der vierten Mail, machte sein Herz einen Sprung. In dieser Mail tauchten die Namen Fantasy und Parque Nacional del Este auf – das musste die Mail sein, nach der er gesucht hatte!

Gebannt starrte er auf die Unterschrift. Er erschrak. Diesen Namen kannte er! Jetzt wusste Luca, wer für den Voodoo-Terror an Bord verantwortlich war.

EIN ANGEBOT FÜR DIE SPÜRNASEN

Es war wirklich eine supergute Idee von Luca gewesen, El Locos E-Mail-Verkehr unter die Lupe zu nehmen, dachte Nick. Aber auch er selbst hatte eine ausgesprochen nette Idee gehabt, wie sie es der Person, die Luca enttarnt hatte, heimzahlen konnten.

Nick stand zusammen mit Fenja, Luca, Katharina und Jo in der Schlange am Büfett an. Es war kurz nach acht Uhr abends, und die Fantasy lag noch immer vor der Dominikanischen Republik vor Anker. Heute Nacht würde der Kreuzfahrt-Gigant zu seinem nächsten Ziel, der Insel *Barbados,* aufbrechen. Korte war jedoch nicht mit an Bord, er war inhaftiert worden.

Und noch eine weitere Verhaftung stand an, bevor

die Fantasy ablegen konnte. Jiménez hatte sich in Zivil unter die Gäste gemischt. Der Polizeibeamte stand knapp zwei Meter hinter Nick und musterte scheinbar interessiert die üppige Auslage der Büfett-Tische, die sich förmlich unter allen möglichen Köstlichkeiten bogen.

Die Beamten hatten in El Locos Haus über 100 Golddukaten gefunden – der Totengräber hatte sie in einem Hohlraum unter der Veranda versteckt gehabt. Nun sollten die Münzen laut Jiménez in einem Museum in Santo Domingo ausgestellt werden. Der Polizist hatte außerdem angekündigt, dass in Kürze ein Archäologen-Team zur Höhle aufbrechen werde, um nach weiteren Dukaten zu suchen.

Doch jetzt sollte erst einmal El Locos Komplize an Bord geschnappt werden. Möglichst unauffällig, damit es keine Unruhe unter den Passagieren gab.

Die Schlange rückte ein wenig vor. Nun stand Nick einer der Köchinnen gegenüber, die vor den Augen der Gäste eine Languste zubereitete. Es war Dolores.

„Hola!“, rief sie Nick freundlich zu. „Wie war der Ausflug?“

Der Junge lächelte sie an. „Oh, er war vor allem eins: aufregend.“

Dolores schaute ihn leicht irritiert an. „Aufregend?“

„Allerdings. Wir haben Ihnen etwas mitgebracht!“

„Mir?“

„Ja“, sagte Nick und zog eine kleine Puppe hinter seinem Rücken hervor. Es war die Voodoo-Puppe, die an Katharinas Türklinke gehangen hatte.

Dolores’ Augen weiteten sich vor Entsetzen. „Wo hast du das denn her?“

„Von Ihnen“, erwiderte Nick kalt und warf Dolores das Püppchen zu.

Die Köchin fing es auf. Unschlüssig und feindselig starrte sie von Nick zu den anderen.

Jiménez schob sich dichter heran. Nick wusste, dass der Beamte unter seinem Sakko eine Schusswaffe verborgen hatte.

„Schauen Sie sich mal den Rücken der Puppe an“, riet Nick der Köchin.

Dolores verzog verächtlich den Mund. Dann drehte sie das Püppchen um und zog mit spitzen Fingern eine Goldmünze und einen Zettel aus der Naht.

Nick ließ die Frau keine Sekunde aus den Augen – jetzt wurde es spannend!

Die Köchin faltete die Nachricht auf und überflog den kurzen Text. Plötzlich begann sie am ganzen Körper zu zittern.

„Was soll das heißen – ich bin verhaftet?“

Jiménez zeigte ihr ganz unauffällig seine Dienstmarke und deutete mit dem Kinn auf die Küche.

Dolores verstand, band sich die Schürze ab und ging nach hinten.

Die Freunde, Katharina, Jo und Jiménez folgten ihr, indem sie sich durch einen Spalt zwischen zwei Tischen zwängten.

Die Köchin sagte etwas zu einer Kollegin, die gerade mit einem Tablett aus der Küche kam. Die junge Frau nickte und nahm Dolores' Platz am Büfett ein. Dann betrat die Köchin ein kleines Büro, das sich neben der Küche befand.

„Was soll das?", fragte sie giftig, als die Tür hinter ihr und ihren Besuchern geschlossen war.

Jiménez machte es kurz. Während der Polizist sprach, sah Nick, wie Dolores regelrecht in sich zusammensackte. Schließlich setzte sie sich auf den einzigen Stuhl und vergrub das Gesicht in den Händen.

„Ja", sagte sie schließlich. „Anibal ist mein Mann. Und ich habe ihn gewarnt, erst per Mail, dann per Telefon."

„Haben Sie auch die blutigen Federn in den Ordner gelegt?", hakte Nick nach.

Langsam nickte die Frau. „Ja", gestand sie. „Anibal hatte mich darum gebeten, weil er Angst hatte, dass ihr ihm in die Quere kommt. Er hatte schon die ersten Dukaten in der Höhle gefunden – aber er brauchte noch Zeit, um die anderen zu finden!"

„Woher wussten Sie überhaupt von unserem Ausflug?“, wollte Fenja wissen.

Die Köchin winkte ab. „Das war keine große Kunst. Vor dem Büro der Reiseleiterin war doch ein Aushang, der die Tour anpries.“

Katharina zog die Stirn kraus. „Dann haben Sie sich auch als Voodoo-Geist verkleidet und an meiner Tür herumgespielt, oder?“

Wieder nickte die Frau. „Ich wollte Sie nur erschrecken, mehr nicht. Aber dann traf ich das Mädchen da.“ Sie deutete auf Fenja. „Die Kleine ist mir nachgerannt. Ganz schön mutig …“

„Wie bitte?“, fragte Katharina.

„Ich bin nicht klein“, erwiderte Fenja schroff. Dann erzählte sie der staunenden Katharina kurz von der Verfolgung.

Als Fenja fertig war, seufzte Dolores. „Und mein Anibal ist schon im …“

„… im Gefängnis“, vollendete Katharina den Satz. „Da wird er wohl ein Weilchen bleiben, und Sie werden sich nun auch dorthin begeben.“

Die Köchin begann leise zu schluchzen, aber Jiménez beeindruckte das nicht im Geringsten. Er sprach kurz mit dem Küchenchef und brachte Dolores dann von Bord, ohne Aufsehen zu erregen. Jo und Katharina begleiteten die beiden.

Als sie eine halbe Stunde später gemeinsam am Tisch saßen und sich über die Köstlichkeiten hermachten, sagte Jo: „Ich soll euch noch etwas von Jiménez ausrichten."

Luca sah von seinem saftigen Fleischspieß hoch. „Ist er sauer auf uns, weil wir El Locos Computer durchsucht haben?"

Der Arzt lachte. „Aber nein! Er lässt euch seinen Dank ausrichten und fragt, ob ihr die nächsten Ferien nicht wieder in der Dominikanischen Republik verbringen wollt …"

„Am Strand von Bayahibe?"

„Na ja, nicht ganz", sagte Jo. „Er denkt wohl an eine Art Praktikum auf seiner Polizeidienststelle. So talentierte Spürnasen wie euch gebe es nur selten."

„Das hat er wirklich gesagt?", fragte Nick nach. Er war plötzlich mächtig stolz.

„Ehrenwort."

„Cool, aber irgendwie möchte ich die Ferien doch lieber mit euch auf der Fantasy verbringen", meinte Nick.

„Das geht mir auch so!", sagte Fenja.

„Mir auch", kam es von Luca. „Die Dominikanische Republik ist wirklich ein wunderschönes Land – aber es warten noch so viele andere Länder auf uns."

„Besser konnte man es nicht sagen", meinte Nick und

hob sein Glas mit frisch gepresstem Orangensaft. „Darauf sollten wir anstoßen!“

Fenja lachte. „Und nachher statten wir noch unserem lieben Bocón einen Besuch ab. Schließlich behaupten ja manche Menschen, dass unser Verstand so messerscharf wie seine Zähne sei. Da müssen wir ihm doch unbedingt von Jiménez’ Lob erzählen!“

„Na, ich weiß nicht“, sagte Luca. „Bocón ist das wahrscheinlich herzlich egal. Hauptsache, wir bringen ihm was Leckeres zu fressen mit!“

Und so machten sie sich wenig später auf den Weg zu Kapitän Bromüller, um das Ablegemanöver von der Brücke aus zu beobachten und dem gefräßigen Piranha, der dort oben in einem Aquarium seine Runden schwamm, ein paar Fleischbällchen zu spendieren.

DIE DOMINIKANISCHE REPUBLIK – EIN PARADIES MIT SCHATTENSEITEN

Als der berühmte Seefahrer Christoph Kolumbus die Insel 1492 entdeckte, war er von deren Schönheit begeistert. Er ging an Land, errichtete die erste europäische Siedlung und taufte die Insel Isla Española (spanische Insel). Sie war für ihn schlichtweg *die* spanische Insel, die schönste und einzigartigste. Aus diesem Namen wurde im Laufe der Zeit Hispaniola.

Urlaubern aus Europa, die sich nach stundenlangem Flug über den Atlantik der Dominikanischen Republik nähern, geht es heute kaum anders als damals Kolumbus. Wenn sich unter den Tragflächen des Flugzeugs immergrüne Wälder, weiße Sandstrände und türkisfarbenes Meer abzeichnen, sind sie ähnlich fasziniert. Die Dominikanische Republik bietet die höchsten Berge der Karibik, sanfte Buchten, herrliche Nationalparks mit tosenden Wasserfällen und eine enorme Tiervielfalt – vom winzigen, bunten Kolibri bis zum mächtigen Buckelwal gibt es hier viele und mitunter seltene Arten zu bestaunen.

Sportler kommen ebenso wie Naturfreunde auf ihre

Kosten. Surfen, Golfen, Tauchen, Rafting und Canyoning gehören zu den trendigsten Sportarten auf der Insel. Historisch interessierte Urlauber werden sich die Taíno-Zeichnungen in den Höhlen anschauen und durch die Altstadt von Santo Domingo flanieren. Aber auch diejenigen, die nur zum Relaxen und Spaßhaben kommen, sind in der Dominikanischen Republik gut aufgehoben. Man kann wunderbar den ganzen Tag am Strand entspannen, abends die einheimische Küche genießen und dann vielleicht noch eine Feier besuchen, bei der Merengue-Musik gespielt wird. Rund drei Millionen Touristen kommen jährlich.

Auf den ersten Blick erscheint die Dominikanische Republik also wie ein Paradies. Doch auch hier gibt es Schattenseiten – vor allem in den Großstädten.

In Santo Domingo lebt fast die Hälfte aller Dominikaner. Hier trifft Alt auf Neu, Arm auf Reich. Die Stadt ist laut, teilweise chaotisch, voller Lärm und Dreck. Aber sie bietet auch Oasen, gerade in der Altstadt mit ihren herausgeputzten Kirchen, prächtigen Häusern aus der Kolonialzeit, ruhigen Plätzen und der beeindruckenden Festung.

Die Armutsrate in der Dominikanischen Republik ist recht hoch – etwa 15 Prozent der Bevölkerung ist gemäß der allgemein gültigen Definition der *Weltbank* arm, ein

Drittel davon lebt in extremer Armut. Die Arbeitslosigkeit ist mit rund 30 Prozent sehr hoch. Hinzu kommt, dass viele Dominikaner unterbeschäftigt sind – das heißt, dass sie beruflich nicht voll ausgelastet sind.

Auch bei der Bildung gibt es Defizite. Die Analphabetenquote liegt bei 16 Prozent. Zwar gibt es eine allgemeine Schulpflicht, aber nicht alle Kinder können auch eine Schule besuchen (vor allem in ländlichen Gebieten), weil diese oft zu weit weg vom Wohnort liegt. Hinzu kommt, dass an den staatlichen Schulen einheitliche Uniformen vorgeschrieben sind. Da diese ziemlich teuer sind, können sich arme Familien mit mehreren Kindern den Schulbesuch nicht leisten.

Wer genug Geld hat, schickt seine Kinder nicht auf eine staatliche Schule, sondern auf ein teures, privat geführtes „Colegio“. Anschließend kann eine der insgesamt vier Universitäten des Landes besucht werden.

Ungelernte haben es später oft schwer, anständige Arbeitsplätze zu bekommen. Für sie gibt es in der Regel keine festen Verträge, sondern allenfalls mündliche Absprachen. Auch die soziale Absicherung wie die etwa in Deutschland übliche Lohnfortzahlung im Krankheitsfall fehlt daher.

Die wichtigsten Wirtschaftsfaktoren sind Tourismus, Landwirtschaft (Zuckerrohr, Bananen, Kakao und Kaffee) und Bergbau (Gold, Silber). Die meisten Dominikaner arbeiten heute in der Tourismusbranche und ihren Randgebieten; dazu gehören auch Straßenverkäufer und Schuhputzer.

Rund 90 Prozent der Dominikaner sind Katholiken. Doch in einigen Gebieten ist nach wie vor der Voodoo-Glaube verbreitet. Voodoo wird in den Medien und vor allem der Filmindustrie oft als blutrünstige Naturreligion verkauft, in der mordgierige Zombies brave Bürger terrorisieren. Viele mögen bei Voodoo auch an eine Art Satanskult denken, in dem die Mächte des Bösen beschworen werden. Zwar gehören Zombies zum Voodoo, zwar gibt es dort auch böse Magier – doch die Welt des Voodoo ist viel komplexer und komplizierter, als man gemeinhin annimmt. Wer sich ernsthaft mit Voodoo beschäftigt, wird eine Religion kennenlernen, die voller Gegensätze und Rätsel steckt. Er wird etwas über verschiedene Götter und Geister, deren oft höchst menschliche Charaktere sowie über Rituale der Priester und ihrer Anhänger erfahren, die unsere Vorstellungskraft sprengen.

Bei den Ritualen stehen das Opfern (Tiere, aber auch Rum oder Tabak) sowie die Priester im Mittelpunkt. Ein wichtiges Element ist auch der Tanz – die Tänzer geraten durch Trommeln und Gesänge häufig in Trance, wobei die Götter Besitz von den Tänzern ergreifen, so die Vorstellung. Musik und Tänze sind bestimmten Gottheiten und Geistern zugeordnet. Die Trance gehört im Voodoo zur Vereinigung mit Gott. Es gilt als Ehre, von den Göttern beherrscht zu werden und mit ihnen – zumindest während des Tanzes und der Trance – eine Einheit zu bilden. Diese von den Göttern „Auserwählten“ werden im Voodoo hoch geachtet. Kranke und Hilfesuchende wenden sich an sie und bitten sie, bei der Trance mit den Göttern Kontakt aufzunehmen und zum Beispiel eine Heilung zu bewirken. Es gibt im Voodoo sowohl böse (schwarze) Magier beziehungsweise Zauberer als auch gute (weiße) Magier, die Gutes bewirken.

Noch eine Anmerkung zu Francis Drake, dem berühmten Seeräuber: Es stimmt, dass er 1586 Santo Domingo plünderte. Und tatsächlich zahlten die Bewohner damals die erwähnten 25.000 Dukaten, damit sie ihn und seine Männer loswurden. Was aus den Dukaten wurde, ist nicht überliefert. Die Geschichte von den vier Seeräubern, die sich die Dukaten unter den Nagel rissen und im Parque Nacional del Este vergruben, entspringt der Fantasie des Autors.

BUCH-TIPPS

Wenn du mehr über die Dominikanische Republik und den Voodoo-Glauben lesen möchtest, empfehlen dir Fenja und Nick folgende Bücher:

Allen voran sei dir das ebenso handliche wie informative *Dumont Reise-Taschenbuch Dominikanische Republik* (Autor: Ulrich Fleischmann, DuMont Reiseverlag Ostfildern 2009) ans Herz gelegt.

Gut sind ebenfalls *Dominikanische Republik* von Lore Marr-Bieger (Michael Müller Verlag, Erlangen 2009), *Karibik, Dominikanische Republik – Handbuch für individuelles Entdecken* von Hans-Jürgen Fründt (Reise Know-How Verlag, Bielefeld 2009) und *Nah dran – Dominikanische Republik* von Gesine Froese (Sebra-Verlag, Hamburg 2003). Das zuletzt genannte Buch bietet auch einen umfangreichen Info-Teil über Haiti.

Über Voodoo informieren sehr gut die Bücher *Voodoo – Götter, Zauber, Rituale* von Andreas Gößling (Knaur Verlag, München 2004) und *Voodoo und andere afroamerikanische Religionen* von Astrid Reuter (C. H. Beck Verlag, München 2003).

INTERNET-TIPPS

Wenn du im Internet mehr über die Dominikanische Republik und den Voodoo-Glauben erfahren möchtest, empfiehlt Luca dir folgende Seiten:

www.auswaertiges-amt.de/DE/Aussenpolitik/Laender/Laenderinfos/01-Laender/DominikanischeRepublik.html bietet aktuelle Daten und Fakten.

Eine Menge Informationen in sehr übersichtlicher, stichpunkartiger Form findest du auch unter **www.derreisefuehrer.com/country/77/general_information/Karibik/Dominikanische-Republik.html**.

Unter **www.dominikanische-republik-reise.de** erhältst du vor allem tolle Vorschläge für Touren und Ausflüge.

Informativ ist auch die Seite **www.urlauberinfos.com/urlaub-dominikanische-republik** mit diversen Hinweisen unter anderem zu Landschaft und Klima. Das gilt auch für **www.austrodominicano.com**.

Sehr schön gemacht ist die Seite **www.blinde-kuh.de/bksearch.cgi?sid=A0F13B50EC9353EE3B9C25A25F30358E01&input=result+searchbox&query=dominikanische+republik**. Übrigens: **www.blinde-kuh.de**

lohnt immer einen Besuch! Hier kann man verschiedene Suchbegriffe eingeben und sich über spannende Themen schlaumachen!

GLOSSAR

Agwe Wasser-Gott im Voodoo; Beschützer der Seeleute und Fischer

Altos de Chavón spanisch: die Höhen von Chavón; gemeint sind die von einem malerischen Dorf gekrönten Anhöhen über dem Fluss Chavón bei La Romana.

Asalto spanisch: Überfall

Asson heilige Rassel des Voodoopriesters (Hungan); wenn er sie schüttelt, nimmt er Kontakt zu den Göttern auf.

Bandera Dominicana dominikanisches Gericht: Übersetzt heißt dieses Essen „dominikanische Flagge". Es besteht aus Reis, Bohnen und Fleisch.

Barbados Insel im Atlantik (Kleine Antillen), 430 Quadratkilometer groß, knapp 300.000 Einwohner, die überwiegend vom Tourismus und der Zuckerindustrie leben

Baron Samdi (auch Baron Samedi; übersetzt: Baron Samstag) Gott im Voodoo-Kult, Anführer der Gede-Gruppe, der Hüter der Friedhöfe

Basilica Menor de la Virgen de La Anunciación Kathedrale von Santo Domingo, zwischen 1521 und 1540 erbaut

Bayahibe Fischerdorf mit etwa 2400 Einwohnern und schönem Strand im Osten der Dominikanischen Republik; direkt am Parque Nacional del Este

Blaukronenamazone Papageienart, die nur auf Hispaniola und einigen angrenzenden Inseln vorkommt; sie wird bis zu 30 Zentimeter groß und hat grünes Gefieder mit blauen Schwingen.

Bondye (auch Bondy, Le Bondieu) der „große Gott" im Voodoo-Kult; er mischt sich jedoch nicht in das menschliche Leben ein, sondern lässt sich von den untergeordneten Göttern und Geistern vertreten.

Bokor (auch Bòkò) ein böswilliger Magier im Voodoo-Kult, Herrscher über Zombies

Buenos dias! spanisch: Guten Morgen, guten Tag!

Buenas tardes! spanisch: Guten Abend!

Cabin Steward Zimmerkellner, Kabinenbedienung

Calle de las Damas spanisch: Straße der Frauen; eine der ältesten und bekanntesten Straßen im Herzen Santo Domingos

Concho! spanisch: verdammt!

Cueva del Puente mittelgroße Höhle im Südwesten des Parque Nacional del Este mit derzeit vier bekannten Ebenen. Auf zwei der Ebenen ist Höhlenkunst der Taíno zu sehen.

Daiquiri alkoholisches Mixgetränk, bestehend aus Rum und Limonensaft

Danbala (auch Dambalah) Gott im Voodoo; er verbindet das Land der Lebenden mit den unterirdischen Gewässern, wo die Götter leben.

Dominikanische Republik Inselstaat mit etwa 9,5 Millionen Einwohnern zwischen Atlantik und Karibik; er umfasst den Osten und die Mitte der Insel Hispaniola. Das westliche Drittel nimmt der Staat Haiti ein.

Drake, Francis berühmter Pirat, Entdecker und erster englischer Weltumsegler; er lebte von 1540 bis 1596.

Dukat Goldmünze, die einst in ganz Europa, aber auch auf Hispaniola verbreitet war; die ersten Dukaten wurden 1284 in Venedig geprägt.

Gede Götter-Gruppe im Voodoo-Kult; Hüter der Friedhöfe, Gebieter über den Tod und den Humor. Oberhaupt der Gede-Gruppe ist Baron Samdi.

Geraldini, Alessandro von 1516 bis 1523 Erzbischof von Santo Domingo

Hispaniola mit 747.000 Quadratkilometern die zweitgrößte der Westindischen Inseln; auf ihr liegen die Staaten Dominikanische Republik und Haiti. Die Insel wurde 1492 von Kolumbus entdeckt und hat heute rund 16,5 Millionen Einwohner.

Hola! spanisch: Hallo!

Hungan Priester des Voodoo; zum Voodoo-Priester wird man nach den Vorstellungen der Anhänger auserkoren; entweder durch einen Traum, in dem man von den Göttern dazu aufgerufen wird, oder durch einen kurzfristig von einem Geist Besessenen, der den Namen des künftigen Hungan nennt.

Hunsi Gehilfe oder Gehilfin des Voodoo-Priesters mit verschiedenen Pflichten bei einer Zeremonie

Isla Saona mit 115 Quadratkilometern die größte Insel der Dominikanischen Republik; sie gehört zum Parque Nacional del Este und bietet einige der schönsten Strände des Landes. Von Bayahibe erreicht man die Insel nach einer etwa 30-minütigen Bootsfahrt.

Karibisches Meer Nebenmeer des Atlantiks, 2.754.000 Quadratkilometer groß; in diesem Meer liegt die Wassertemperatur immer zwischen 20 und 30 Grad.

Kokospalme bis zu 30 Meter hohe, tropische Palmenart mit bis zu sieben Meter langen und 15 Kilo schweren Blättern

Kolumbus, Christoph Entdecker aus Genua (Italien) im Dienste der Spanier, lebte von 1451 bis 1506

Kommandobrücke Arbeitsplatz des Kapitäns und

wichtiger Offiziere. Von hier aus wird das Schiff gesteuert.

La Romana mit rund 171.000 Einwohnern die drittgrößte Stadt der Dominikanischen Republik; bekannt ist La Romana vor allem für seine Zuckerindustrie.

Legba „Hüter der Tore“ im Voodoo-Kult; Vermittler zwischen den Göttern und den Menschen. Bei einer Voodoo-Zeremonie wird immer Legba als Erster angerufen, damit er den Menschen die Tür für die Welt der Götter und Geister öffnet.

Loa Götter im Voodoo-Kult. Die Loa lassen sich in zwei Gruppen unterteilen: die sanftmütigen Rada-Loa und die weitaus aggressiveren Petwo- oder Petro-Loa. Die Loa leben nach den Vorstellungen ihrer Anhänger in unterirdischen Flüssen und Gewässern.

Makandal Amulett im Voodoo; eine Art Glücksbringer, der seinen Träger vor allen bösen Einflüssen schützen soll

Meertraubenbaum immergrüner Strauch und Baum; Verbreitung: Mexiko, Mittelamerika und Karibik

Merengue dominikanische Musikrichtung und der dazugehörige Tanz. Merengue wird im Zwei-Viertel-Takt gespielt und ist sehr eingängig. In jedem Juli gibt es in Santo Domingo ein „Festival del

Merengue“ – einen Wettbewerb der besten Merengue-Bands.

Nashornleguan bis zu zehn Kilo schwerer Leguan, der vor allem auf Hispaniola beheimatet ist; er ernährt sich von Pflanzen und Insekten.

Niedergang Treppe und manchmal auch nur eine Leiter, die Decks miteinander verbindet

No spanisch: nein

Ogo (auch Ogu oder Ogoun) Kriegsgott im Voodoo-Kult; wenn er in der Trance von einem seiner Anhänger Besitz ergreift, führt dieser Mensch in der Regel einen wilden Schwerttanz auf.

Ozama 148 Kilometer langer Fluss in der Dominikanischen Republik; er mündet bei Santo Domingo ins Karibische Meer.

Ozama-Festung Diese Burg aus dem 16. Jahrhundert wurde oberhalb des Hafens von Santo Domingo an der Mündung des Ozama errichtet, um die Hafeneinfahrt gegen Feinde vom Meer aus zu verteidigen.

Parque Colón Grünanlage im historischen Zentrum von Santo Domingo, benannt nach der dort stehenden Kolumbus-Statue (Kolumbus heißt auf Spanisch Colón). Hier beginnen die meisten Besichtigungstouren der Stadt.

Parque Nacional del Este 430 Quadratkilometer großer Nationalpark im Osten der Dominikanischen Republik

Pescado con Coco dominikanisches Gericht: in Kokosmilch gebratener Fisch

Promovieren das Erlangen der Doktorwürde

Reggaetón Musikmischung aus Reggae, Merengue und Hip-Hop; sehr populär unter anderem in der Dominikanischen Republik

Rotfußtölpel bis zu 70 Zentimeter große Tölpelart mit weißem Gefieder, schwarzen Flügelrändern (Spannweite bis zu einem Meter) und roten Füßen. Die Rotfußtölpel nisten als einzige Tölpelart auf Bäumen.

Santo Domingo Hauptstadt der Dominikanischen Republik, rund fünf Millionen Einwohner (zwei Millionen in der Kernstadt, weitere drei Millionen im Ballungsraum); die Stadt wurde 1498 von Christoph Kolumbus' Bruder Bartolomeo an der Mündung des Flusses Ozama gegründet. Sie hieß zunächst La Nueva Isabella.

Sancocho dominikanisches Gericht: Eintopf mit Kochbananen, Mais sowie Maniok- und Jamswurzeln

Taíno Ureinwohner der Dominikanischen Republik

Torre de Homenaje 18,5 Meter hoher Turm der Ozama-Festung; der Name lässt sich mit „Salut-

Turm“ übersetzen. Von hier aus wurden die in den Ozama einlaufenden Schiffe begrüßt.

Voodoo westafrikanische Religion, die sich durch Sklavenhandel auch auf Hispaniola (Haiti und Dominikanische Republik) und in Teilen der USA verbreitete

Weltbank 1946 gegründete Bank (Sitz: Washington D. C., USA); sie hat unter anderem die Aufgabe, die Entwicklung von wirtschaftlich weniger entwickelten Ländern durch Geld und Beratung zu fördern.

Yaniqueque dominikanisches Gericht: in Öl ausgebackene Teigfladen

Ravensburger Bücher

Die Zeitdetektive

Spannende Reisen durch die Zeit

Diese Abenteuer der Zeitdetektive sind bereits erschienen:

Habe ich			ISBN 978-3-473-
○	Band 1	Verschwörung in der Totenstadt	34518-2
○	Band 2	Der rote Rächer	34519-9
○	Band 3	Das Grab des Dschingis Khan	34520-5
○	Band 4	Das Teufelskraut	34521-2
○	Band 5	Geheimnis um Tutanchamun	34522-9
○	Band 6	Die Brandstifter von Rom	34523-6
○	Band 7	Der Schatz der Wikinger	34524-3
○	Band 8	Das Rätsel des Orakels	34525-0
○	Band 9	Das Silber der Kreuzritter	34526-7
○	Band 10	Falsches Spiel in Olympia	34527-4
○	Band 11	Marco Polo und der Geheimbund	34528-1
○	Band 12	Montezuma und der Zorn der Götter	34531-1
○	Band 13	Freiheit für Richard Löwenherz	34532-8
○	Band 14	Francis Drake, Pirat der Königin	34533-5
○	Band 15	Kleopatra und der Biss der Kobra	34534-2
○	Band 16	Die Falle im Teutoburger Wald	34535-9
○	Band 17	Alexander der Große unter Verdacht	34536-6
○	Band 18	Das Feuer des Druiden	34537-3
○	Band 19	Gefahr am Ulmer Münster	34538-0
○	Band 20	Michelangelo und die Farbe des Todes	36984-3
○	Band 21	Der Schwur des Samurai	36985-0
○	Band 22	Der falsche König	36982-9
○	Band 23	Hannibal, Herr der Elefanten	36983-6
○	Band 24	Der Fluch der Wikinger	36979-9
○	Band 25	Das Auge der Nofretete	36980-5

Ravensburger

HC_11_035

Internet-Links in diesem Band:

Seite 13 www.auswaertiges-amt.de/DE/Aussenpolitik/Laender/Laenderinfos/DominikanischeRepublik/Kultur-UndBildungspolitik_node.html, aufgerufen am 02.02.2011

Seite 15 www.derreisefuehrer.com/country/77/general_information/Karibik/Dominikanische-Republik.html, aufgerufen am 02.02.2011

Seite 32 www.de.wikipedia.org/wiki/Voodoo, aufgerufen am 02.02.2011

Seite 44 www.tripwolf.com/de/guide/show/294312/Dominikanische-Republik/Parque-Nacional-del-EsteIsla-Saona.de, aufgerufen am 02.02.2011

Seite 67 www.oppisworld.de/philo/drake.html, aufgerufen am 02.02.2011

Anmerkung: Wir haben uns erlaubt, Rechtschreibfehler in den zitierten Auszügen zu korrigieren. Aus Gründen der Lesbarkeit haben wir darauf verzichtet, Auslassungen in den Zitaten kenntlich zu machen. Da die Autoren der zitierten Artikel nicht zu ermitteln waren, werden sie in dieser Liste nicht namentlich aufgeführt.

Zitate aus Büchern in diesem Band:

Seite 54 Astrid Reuter: Voodoo und andere afroamerikanische Religionen (C.H. Beck, München 2003)

Seite 69 Ulrich Fleischmann: Dumont Reise-Taschenbuch Dominikanische Republik (DuMont Reiseverlag, Ostfildern 2009)

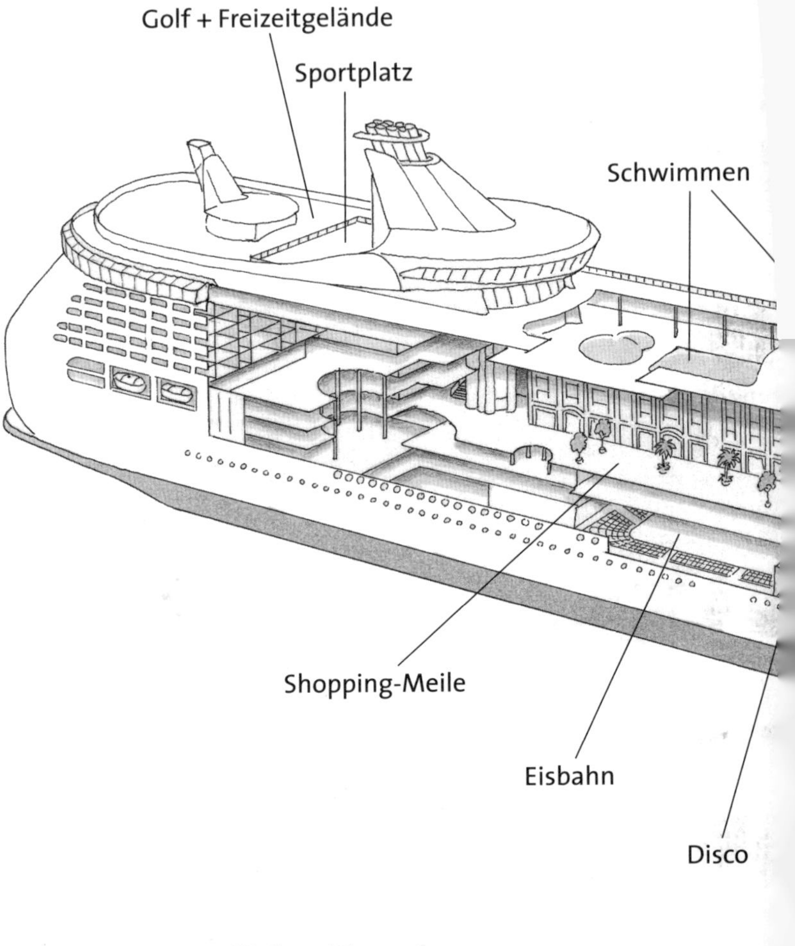
Golf + Freizeitgelände
Sportplatz
Schwimmen
Shopping-Meile
Eisbahn
Disco

Die Fantasy